書下ろし

本所若さま悪人退治

聖 龍人

祥伝社文庫

目次

不忍池
奥山
浅草寺
今戸
向島
小梅村
雷門
下谷広小路
蔵前
隅田川
第四話の舞台はココ
◎ 初音の馬場
◎ 両国広小路
◎ 小梅村
◎ 水戸屋敷
◎ 常泉寺
柳原
神田川
回向院
両国広小路
竪川
横川
日本橋
小名木川
八丁堀
深川
永代橋
永代寺
門前仲町
第三話の舞台はココ
◎ 富岡八幡宮
◎ 三十三間堂
◎ 汐見橋
◎ 入船町

日之本源九郎が活躍するところ

第一話　本所の若さま

一

江戸の地図にも載っていない場所だった。

本所《ほんじょ》、回向院《えこういん》から相生町《あいおい》沿いに進んで一《ひと》ツ目《め》通りと交わるところに、二《ふた》ツ目《め》橋があり、そこを左に曲がると亀沢町《かめざわ》。隣に馬場が見えその横にこんもりとした森が見えてくる。

一見、鎮守《ちんじゅ》の森に似ているが、その中に入って見えてくるのは寺ではない。大きな屋敷である。

屋根は檜《ひの》葉《き》で覆われて、神社の屋根ではないかと思えるような作りであった。

だが黒松や赤松の木に囲まれているため、そばにいかなければそこまでは見えない。そのおかげでここにおかしな建物があるとは、近所に住む者にもあまり知られていない。

亀沢町の方面からではなく、裏側の馬場から入る。その奥は御竹蔵《おたけぐら》なので人通りはほとんどない。

そこには石でできた小さな門が立っている。よく見ると神社の鳥居に似ているがそうではない。ただの石門だ。

その石門が結界になっているのだろうか、大人はもちろん、子どもたちもその奥にいくと、迷宮でもあるかと思っている節があり、

「あそこは冥界《めいかい》への入り口に違いない」

とばかりに、誰も近づく者はいないが、ときどき門を潜《くぐ》っていく物売りたちは、周囲から、

「奴らは、魂を売っているのだ」

そんな噂《うわさ》まで立てられていた。

いま――。

二刀の白柄を腰にたばさんだひとりの若侍がその屋敷から出てきた。

背丈は五尺五寸くらいだろう。

鼻筋すっきり、天を向き、目は二重だが切れ長だ。面長《おもなが》の顔に、少し濡れたような赤い唇。

墨色に白で千鳥の小紋をあしらった絹の小袖に、博多献上の帯。白足袋《たび》すっきり、背筋を伸ばし、颯爽《さっそう》たるその姿は、いかにも育ちが良さそうだ。

侍は森から外へとつながる小径《こみち》を進む。

なだらかに左右に曲がりながら径は続く。

春にはまだ遠い、睦月《むつき》(一月)の中旬である。昨夜、かすかに降り積もった雪の名残《なご》りが径の端を白くなぞっていた。

石が敷き詰められているためか、ぬかるんではいないが、ところどころ、まだ雪解けの水が溜《た》まっていた。

若侍は下を見るわけでもないのに、ひょいひょいと器用にその水たまりを避けながら歩く。

うまく避けることができるとにこっと笑う。その顔はまるで子どものようだ。

石の門から外に出て本所の通りに向かうと、若侍は一度大きく伸びをしてから、回向院の方に向かって歩き始めた。

両国《りょうごく》の広小路からあふれて来たのか、人の波が続いていた。なかには若い娘にちょっかいを出しながら歩くような不届き者もいたが、だれもそれを咎《とが》めない。

別に珍しい光景ではないからだろう。

娘たちのほうも慣れているのか、笑いながら適当にあしらっているようだった。

若侍はそんな町中を、のんびりと両国橋のほうに向かって進んで行く。

広小路に出ると、丸太を組んでその周囲を筵《むしろ》で囲っただけの簡易な作りの水茶屋や、小間物を売る店、蕎麦屋《そば》、行燈《あんどん》や提灯《ちょうちん》を売る店などを冷やかしながら、なにやら目当ての店を探している素振りであった。

だが、若侍はどの店も素通りしていく。

両国広小路の表通りを進んでいくと、人の輪ができていて、罵声《ばせい》がそこから聞こえてきた。

「うん？」

初めて、若侍は興味を持ったのか、目を輪の方へと向けた。

「行ってみるか」

誰にいうともなく、ゆっくりとした足取りで通りを反対側に渡った。

輪をかきわけて、なかに入ると、侍が盤台《ばんだい》を蹴飛ばしているところだった。周囲には魚が撒《ま》き散らされている。

どうやら、侍が魚の棒手振《ぼてふ》りに因縁《いんねん》をつけているようであった。

「てめえ……」

魚屋は、二十歳《はたち》前後だろう。

冬というのに紺の法被《はっぴ》に尻端折《しりっぱしょ》りをしていなせに決めているが、顔にはどろがくっついていた。侍が草履《ぞうり》で魚屋の顔を踏みつけたように見えた。

「なにがあったのだ」

若侍は、となりで顔を真っ赤《まか》にして侍を罵倒している背籠を担《かつ》いだ男に訊いた。

男は興奮した口調で、

「あの盤台が足にあたったから、と文句をつけているんですよ」

「ほう」

「魚屋はまったく悪かぁねぇんですよ」

「そうか」

背籠を担いだ男は、口から泡を吹きながら続ける。

「あの野郎が、どかずにいたからぶつかっただけで。あの魚屋は悪かぁありやせん」

途中から、話している相手がなんとなく身分のありそうな侍と思ったのか、口調がおかしくなってしまっている。

若侍はそんな相手を取り立てて笑うでもなく、目を輪の中心に向け直した。

魚屋は、地面にあぐらをかいて、腕を組みながら、

「二本差しが怖《こわ》くて、でんがくが食えるかい！　なんてぇ、くだらねぇことはいわねぇぜ、ふん！」

意気がってはいるが、かすかに手が震えている。

若侍が魚屋のそばに寄っていって声をかけた。

「怖そうだな」

「べらんめぇ、そんなことねぇやい！」

魚屋はきっと若侍を見て、叫んだ。

「助けて欲しいかな？」

「いらねぇ！」

「ずいぶん、威勢《いせい》がいいのだな」

「やかましいわい」

声は元気だが、顔は助けてくれと訴えている。

若侍は、ふふっと笑みを浮かべて、

「では、助けよう」

はぁはぁと荒い息をしながらこちらを窺《うかが》っている侍に目を向けた。

こちらもまだ二十歳前だろう。侍の格好はしているが、どこか垢《あか》抜けていないのは、江戸育ちではないからかもしれない。

目は細く鼻も細い。そのせいか癇癪《かんしゃく》持ちのような印象を与える男だった。

「いかがしたのだ？」

若侍がゆったりとした声音《こわね》で訊いた。

「ううう」

怒りのせいか、まともな返答ができずにいる。

「落ち着け」

「あ、あの魚屋の味方をするのか」

「そうではない」

「では邪魔するな」

「そうはいかぬなぁ。このままではふたりとも傷つくぞ。体ではない、心の傷だ」

「…………」

「そうなる前に、仲裁をしようというのだ」

「大きなお世話だ」

「そちの名はなんと申す」

高飛車《たかびしゃ》に問われたわけではないが、自分が下に見られたと感じたのか、侍は三角になった目をさらに釣り上げて、

「おぬしこそ何者だ！」

いまにも鯉口《こいぐち》を切りそうな勢いである。

「やめろ、やめろ」

「なに？」

「喧嘩《けんか》はつまらぬと申しておる」

「名を名乗れ」

怒り狂っている侍は、とうとう腰を落とした。戦いの準備に入ったらしい。

「私は、日之本源九郎《ひのもとげんくろう》。ただの通りすがりの者だ」

「……そうは見えぬ」

着流しではあるが、高価そうな帯などを見てもただの浪人とは思えない。

日之本という若侍が出てきて、どうなるかと見守っている者が増えたが、なぜかしんとしている。

野次が飛ばなくなったのだった。

二

固唾《かたず》を呑《の》んで見ている周りを日之本源九郎と名乗った男は見回して、

「ほらほら、町人たちもおぬしを心配しておるぞ」

「なんだって？」

「だからやめたほうがよいというておるのだ」

「抜け！」

「気が早い男だなぁ。私は名乗ったのだ、おぬしも名乗れ」

源九郎はどことなく、態度が横柄《おうへい》である。

「む……三原杉之丞《みはらすぎのじょう》だ」

「ほう、いい名だ。だが、名前に負けてしまってはいかぬなぁ」

「なんだって」

「三原といえば、三原山であろう」

「………」

「おや？　知らぬのかな？」

杉之丞は、口をへの字に結んでいる。

「あの山は噴火すると怖いからなぁ。おぬしもあまり噴火はせぬほうがよろしいぞ」

「抜け！」

「だから落ち着け。この魚屋となにがあったのだ？」

ゆったりのんびりしている源九郎に、杉之丞は口元を歪《ゆが》めて、

「この魚屋の盤台が私の足に当たったのだ」

「それだけ？」

「それだけで十分であろう、魚屋ごときが」

ちょっと待ちやがれ！　と魚屋が顔をふたりに向ける。

源九郎が、魚屋に名前を訊きながら意見をいえと促した。

「仙太《せんた》といいます。あっしは踏んじゃいねぇ。踏まれそうになったので、逃げたはずみで、そいつを踏んづけてしまったんでさぁ」

助けを求めるように、源九郎の顔を見た。

「では、助けよう」

不安そうな顔で仙太は、目を細めている。どこを見ているのかわからぬ目つきだった。

のそりと三原の前に近寄ると、源九郎は手をひらひらと振りながら、

「どうだ。飯でも食いに行かぬか」

「なんだって？」

「思うに、おぬしは腹が減っておるのだ。おう、そうだ仙太、その魚をいまここで買おう。どうだな？」

「あ……ですがこうなってしまっては、売れません」

地面にばらまかれている魚を見回した。

困り顔をする仙太をよそに、源九郎はそれほど汚れていなさそうな魚を拾って、野次馬たちに顔を向けて、

「だれか、これをさばいて焼くなり煮るなり、料理をしてくれる者はおらぬか」

にこにこしながら見回した。

ほとんどの野次馬は、じりっと下がったのだが、

「あたしがやりましょう」

若い娘が前に出てきて、にこりと微笑《ほほえ》んだ。

年の頃なら二十歳前。色白で、丸顔。目もくりくりとよく動く娘だった。丸髷《まるまげ》に挿《さ》した銀の簪《かんざし》が揺れて、冬から春になろうとしている光に反射している。

「頼めるかな」

「すぐそこに住んでいますからどうぞ」

「待て待て、待て、待て、待て、待て」

「よく並べたなぁ」

口をあんぐり開くほどの呆《あき》れ顔で、源九郎は三原杉之丞を見つめる。

「勝手に決めるな」

「おや、魚は嫌いか？」

「そういう問題ではない」

「はて、では軍鶏《しゃも》鍋がよろしいかな？　それとも猪《いのしし》鍋でも？」

「であるから、そういう問題ではないと申しておるに」

「よいよい、気にするな」

事態があまりにも思っている方向から外れていくためか、つり上がっていた三原の眉《まゆ》や目もしだいに普通になり始めた。

「ほう、その目のほうがよほどおなごに好かれそうだぞ」

「………」

黙りこんだ三原を無視して、源九郎は娘のほうに目を向けた。

娘は、咲《さき》と名乗ってから、

「私の母がすぐそこで料理屋を開いておりますから」

「それは好都合」

「ま、待て、待て、待て」

「遠慮はいらぬらしい」

「だから、そうではない」

「おう、この娘に惚《ほ》れてしもうたかな?」

「あぁ、もう」

「今度は牛か。牛は食えぬなぁ。いや、近在の百姓家にでも行けば、鋤《すき》の上で牛肉を焼いて喰わせてくれるらしい。それがよいのか」

「…………」

三原は、面倒くさくなったのか、

「もう、よいわ」

肩を落としてしまった。

喧嘩をする意欲も消えたらしい。

「私は帰る」

踵《きびす》を返そうとしたのだが、それに仙太が嚙《か》み付いた。

「おっと、待ってくれ。それじゃおらっちの気持ちが収まらねぇ」

三原は相手になろうとせずに、離れかけた。そこを、仙太が後ろから蹴り飛ばそうとする。

すうっといつの間にか仙太の前に、源九郎の腕がにょっきりと飛び出て、

「やめろやめろ」

「邪魔しねぇでおくんなさい」

「お前も腹が減っておるのか」

むっとした顔で仙太は黙ってしまった。

「やはり、そうか。人はなぁ腹が減ったら、ついくだらぬことで腹を立ててしまうものだ。そうではないかな、お咲どの」

「あ、どのはやめてくださいまし」

「では、お咲ちゃん」

にこりと笑った源九郎の屈託のない表情に、お咲も笑みを返して、

「そうですよねぇ」

おほほ、と口に手を当てた。

「どうぞ、こちらへ」

手を伸ばして誘った。腰を捻った姿には艶《つや》がある。驚いた源九郎が思わず、

「お咲ちゃんはいくつかな？」

「あら、十九歳ですよ」

「ううむ。そうであったか」

「もっと上かと思いましたか？」

「いや、そうではない、そうではないが」

「なんです？」

「じつは、町にはあまり出ぬのでな。年頃の娘を見るのは、久々なのだ」

「まぁ。どこぞで隠居でもしているようないいかたですねぇ」

「まぁ、それに近いのだがな」

微笑む顔に、お咲もにこにこしている。

「な、なんだ……これは」

小さな声を上げたのは、仙太だ。

「なんだか、おかしな雰囲気になってきましたが、その、料理屋さんには行くんですかい？　あっしも一緒に？」

「もちろんだ。そこで、ぼんやり突っ立っている杉さんもだ」

「す、す、杉さん……」

「三原ちゃんのほうがよいかな？」

むっとしたまま、三原は言葉を探しているようだったが、

「では、杉さまも仙ちゃんもこちらへ、ご一緒に」

お咲が仙太にも顔を向けて、どうぞと告げた。

「杉さま……」

「仙ちゃん……」

ふたりは、思わず呟《つぶや》きお互いの顔を見合わせて、ぱっと距離を離した。

三

お咲は両国の広小路から回向院のほうへと少し歩き出した。

元町《もと》から門前《もんぜん》町を抜けて相生町に出た。

「この先でございます」

そうか、と源九郎は楽しそうだが、いやいやくっついてくる三原杉之丞と仙太は仏《ぶっ》頂面《ちょうづら》をしたままだ。

「おふたりさん。いつまでもそんな顔をしていたら、せっかくの料理がまずくなるぞ」

「大きなお世話だ」

吐き捨てるようにいいながらも、杉之丞は黙ってついてくる。

と——。

「お主……」

すぅっと杉之丞のそばに近づくと、耳元で源九郎が囁《ささや》いた。

「仇《かたき》でも抱えておるのか？」

「な、なに？　まさか」

「振り向かずに、聞け。さっきから尾行されておる。最初は私をつけてきたのかと思ったが、どうも違うらしい」

「な、なんだって？」

思わず振り向こうとしたが、はっと息を呑んで、体を元に戻す。

「つけてくるのは、どんな連中ですか？」

言葉遣いがいつの間にか変化していた。

「あまり人相のいい連中ではない。侍ではない」

「ごろつき？」

「おそらくな……地回りでもなさそうだ」

覚えはない、と杉之丞は不安そうな顔をした。

「おぬし、剣術は？」

「……すみません」

「その腰つきでは、まるっきりいかぬらしい。それでよく喧嘩など売ろうとしたものだ」

「売ったのは、あの男です」

「まぁ、いまはそんなことはどうでもよい」

ちらりと横を見てから、

「私から離れるな」

と念を押した。

はい、と小さく答えた三原は不安そうに肩を縮《ちぢ》める。

ふたりの会話は、仙太にもお咲にも聞こえてはいない。仙太は、遅れ気味になる源九郎と杉之丞を面倒くさそうに振り返って、

「早く歩いてくださいよ」

「ふむ」

先ほどとは異なり、眉根を寄せて難しい表情をする杉之丞の顔を見て、仙太は首を傾《かし》げた。

歩く速度を落として、源九郎のそばによると、

「なにかありましたかい？」

「……鋭い」

「はい？」

異変が起き始めていると仙太は感じたらしい。周囲に目を向けようとして、

「やめろ」

源九郎に注意されて、びくりとする。尾行されていると気がついたのか、

「旦那ですかい？」

囁きながら目をちらりと後ろに向けた。

源九郎は、首を振った。

仙太は縮こまっている杉之丞を見た。その頼りなさそうな歩き方に、

「あれで、よく喧嘩しようと思ったもんだ」

呟きながら呆れ顔をする。

「まぁ、そういうな。侍の矜持《きょうじ》だ」

「へぇ」

「お咲ちゃんと私たちから離れろ」

「え？」

「掃除をしてくる」

「…………」

「先にいけ」

へぇ、と頭を下げて仙太は、お咲のそばにいき、なにやら耳元で告げた。不安になるかと思ったが、お咲はにこりとして、

「では、行きましょう」

振り返りもせずに歩く速度を上げた。仙太は、度胸あるなぁ、と呟きながら離されないように、横を進んだ。

杉之丞のとなりについた源九郎は、途中まで一緒に行き、頃合いのいいところで離れろと告げた。困った顔をした杉之丞に、

「合図をするからそんな顔をするな」

目を向けて安心しろという意味をもたせながら、腰をぽんと叩《たた》いた。杉之丞はそれだけでぴくりとする。

二ツ目橋が目に入ったとき、

「いまだ、その路地を駆けて曲がれ」

足をもつれさせながら、杉之丞はばたばたとその場から離れていく。角を曲がった

とき、一度こちらを見て、大きく息を吸って姿を隠した。

尾行してきたごろつきはふたりだった。

髷《まげ》を横っちょに曲げて、いかにもいなせ風だが、ひとりは眉がやたらと薄く、もうひとりは鬢《びん》が鍾馗様《しょうきさま》のように長い。

杉之丞が突然走って角を曲がったのを見て、ふたりも速度を上げた。

「おっと、おっと。人の後をつけるのなら、もっと大人しい顔をした者を回したほうがいいなぁ」

「なにぃ？」

眉の薄いほうが兄貴分らしい。源九郎がぬうっとふたりの前に出たので、悪相の鍾馗様に追えと目で合図をする。

「待った、待った。相手は私ではどうかな？」

「邪魔だ」

鬢長の男が源九郎の肩を突いて通りすぎようとした。

「お前たちは何者かな？」

すいっと押された肩を外して、源九郎が訊いた。

「おめぇさんには、関わりのねぇことですから、ここは通しておくんなさい」

兄貴分がていねいに頼む。

「ほう、一応、礼儀は心得ているらしい」

「へぇ、まぁ話を聞いてくれなければ、どうなるかわかりませんがね」

会話をしている間も、ふたりと杉之丞の間はどんどん離れていく。

「おい、そこの鬢もじゃ」

「な、なんだと？」

「ほう。そちらは礼儀を知らぬらしい」

「やかましいやい！」

頭を下げて突っ込んできた。源九郎が避けたら、そのまま杉之丞を追いかけようというのだろう。源九郎はすっと左足を引いた。鬢長の男は刀を抜かれると思ったのか、びくっとしてその場に踏み止まった。

「もう一度訊くが、お前たちは何者だ？」

源九郎がふたりを牽制《けんせい》しながら訊いた。

「そういうお前こそ、なんだ」

「ただの風来坊だよ」

「なにぃ？　風来坊だと？」

「そう、姓は風、名は来坊」

「ふざけやがって」

饕長の男が一歩近づいた。

腰を落として懐《ふところ》から匕首《あいくち》を取り出す。目を細めていまにも源九郎に飛びかかろうとする。

「まぁ、待て」

手を前に出して制止した源九郎に饕長がぶつぶついいながら近づいた。

杉之丞を追いかけるにしても、源九郎に邪魔されて、いらいらしている様子がはっきり見えた。

「そうやっている間も、お目当ての相手は逃げるのだぞ」

「てめぇが邪魔するからだ」

「では、こうしよう。ここは関所だ」

「なに?」

「地獄の一丁目とでもいっておこうか」

「……それは、こっちの台詞《せりふ》だぜ」

饕長がじりじり接近してその隙《すき》に兄貴分が通りすぎる魂胆らしい。

源九郎は素通りされないように、場所を塞《ふさ》いだまま動かない。

匕首を抜いた男が焦《じ》れて動いた。腰を落としたまま突っ込み、源九郎の胸を刺そうとする。

それを水すましが水の上を滑《すべ》るように右に動いて、とんと鬢長の鳩尾《みぞおち》を突いた。それほど力を入れたとは思えないのに、

「ぐぅ」

男はその場に倒れこんで気絶した。

それを見ていた兄貴分は、くそっと呟いて倒れた男のそばにいき、腰を蹴飛ばした。

ううむ、と唸《うな》りながら男は目を覚ますが、起き上がることができないらしい。兄貴分が腕を抱えて、源九郎を睨《にら》みつけ、

「くそ……今日のところはこれで勘弁してやるが、今度会ったらただじゃおかねぇから覚悟しろ！」

「楽しみにしておこう」

にやにやしながら、源九郎は答えた。

四

角から覗《のぞ》き見ていた杉之丞が、源九郎のそばに戻ってきた。

「すみません」

「おぬし、本当に心当たりはないのか？」

「まったく」

「あれはあきらかにおぬしを狙《ねら》っておったのだがなぁ」

「あんなごろつき連中との付き合いはありません……なにがどうなっているのか」

困り顔をする杉之丞に、源九郎はとにかくお咲たちに追いつこう、とその場から離れた。

魚屋たちはどこに行ったのかご存じなのですか、と杉之丞が問うと、

「なに、すべての道はどこかに通じておるから、気にするな」

「いや、そうではなくて」

「犬も歩けば棒に当たる」

「しかし」

「細かいことを気にしていては、大成せぬぞ」

「ですから……」

「ほれ、見ろ」

源九郎が指さした先には、雪を冠した富士《ふじ》山が見えている。

「富士のお山がどうかしたのですか？」

「違う。その横に立っているふたりだ」

「あ……」

「どうだ。棒に、いや魚屋に当たったであろう？」

にやりと笑みを浮かべて、

「細かいことは気にするな。世の中こうしたものだ」

言い終えるとすたすたと、歩く速度を上げた。

待っていたお咲と仙太に近づくと、待たせた、といって先に行こうとする。お咲が
そっちではありません、と笑いながら止めた。

「お侍さまは、おかしなかたですねぇ」

「そうか？」

「鷹揚《おうよう》なのかそれとも、粗忽《そこつ》なのか……どちらが本当の姿なのやら」

「そのときによって異なるのだ、たぶん」

「そのようですねぇ」

では、こちらへといって歩き始める。

懐手をしたまま源九郎は、後を進んでいく。

お咲の母親が開いているという料理屋には、「ひかり」という看板が屋根に掲げられていた。

まるで、金箔《きんぱく》でも貼ってあるかのごとく輝いてまばゆいばかりである。どういう仕掛けかと杉之丞が訊いたが、お咲は秘密ですといって教えてくれない。

黒板塀で囲まれていて、門を入ると庭になっており曲がりくねった小道があった。止まり木が左右にひとつずつ設置され、等間隔に赤松や黒松が植えられていた。

「ここだけ、江戸ではないようだ……」

杉之丞が感心したように呟いた。

どうぞなかへ、とお咲が先導する。

柱や廊下は黒で統一されているためか、重厚な雰囲気に包まれていた。

「これは、なかなかの店であるな」

源九郎は喜んでいる。

入った部屋は、窓からのぞくと外を見ることができた。

竪川《たて》を行き交う屋根舟の向こうには富士山がかすんで見え、反対の窓からは筑波山《つくば》も望むことができる。

それぞれが座についたところに、注文をしたわけではないのに、お咲は膳《ぜん》を運んできた。

「お口に合いますか……」

大根の煮物やふわふわ豆腐などが並んでいる。お銚子も一本ずつ用意されていた。

「灘《なだ》の下りものです」

「それはありがたい」

うれしそうにする源九郎だが、杉之丞が苦々しい顔をしている様を見て、杉さん、と声をかける。

「いかがした」

「いきなり手を出すとは……」

「堅いことをいうな」

礼儀などいっこうに気にしない、という態度で、銚子を持ち上げた。

「ところで、源九郎さま」

お咲がお酌しましょうと寄ってきて、

「ふむ」

「源九郎さまのお屋敷はどちらなのですか？　旗本やどこぞのご家中のかたとも思えませんので……」

「ふぅ……どう答えたらよいものか。本当に、風来坊なのだがなぁ」

杉之丞も仙太も興味があるのだろう、じっと源九郎の答えを待っている。

だが、当の源九郎は問いにも知らん振りをしたまま、まともに答える気持ちはなさそうだ。

「噂があります」

お咲がにこりとしながら、

「御竹蔵のそばに、幽霊が出そうな大きなお屋敷がひっそりと建っているのをご存知ですか？」

「はてなぁ」

「はっきりしたことはわかりませんが、そのお屋敷に、一風変わった若さまがお住まいという噂を聞いたことがあります」

「ほう」

「もしや源九郎さま、そこの」

「わっははは。まぁ、細かいことは気にするな」

さぁ、お咲ちゃんも飲めなどといって、煙に巻いてしまった。

「あっしもその噂なら聞いたことがあります。源九郎さんはそこの若さまなんですかい？」

仙太が首を傾げながら訊いた。

「禿《は》げるぞ」

「はい？」

「細かいことを気にすると禿げると申しておる」

「そ、それは……」

わっはっは、と大きな声で笑った源九郎は、ふと真面目な目つきで杉之丞を見ると、

「おぬし、近頃身辺に変わったことはなかったか？」

ぐいと杯をあける。

ううむ、と唸りながら杉之丞は考えている様子だったが、

「わかりません」

「考えろ」

「しかし」

「なにか、いつもは行かぬところを訪ねたとか、女にばかにされたとか、犬に蹴飛ばされたとか……」

「ううむ」

「唸っているだけではわからぬ」

唇を歪めたり、眉を上下させたりしながら、杉之丞は思い出そうとしている。その顔がおかしいのか、お咲は下を向いてしまった。

「そういえば」

「あったか」

「いざこざを見ました。大人が子どもを叱《しか》っているのですが、子どもがそれに対してものすごく嫌がっていたような気がしますが……」

「そんなものは、この江戸じゃ、あちこちにありますよ」

仙太が吐き捨てる。

「長屋じゃ悪がきがいたずらをして、それを大人が叱っている図はしょっちゅうだ」

「それが長屋ではないのです。芝居小屋のそばでした」

「芝居小屋？」

「看板には天野《あまの》座と書いてありました」

ああ、と仙太が頷《うなず》く。

「あそこは、いかがわしい芝居をやるので知られてる座ですよ。芝居というよりは見せ物小屋といったほうがいいようなところです」

ふむ、と源九郎は懐手をしながら、

「そのいざこざのどこが不思議だったというのか？」

「不思議といいますか、大の男たちが数人で嫌がっている子どもの手を強く引っ張っていました。そういえば、私が見ているのを知ると、その中の二人が顔を合わせてなにやらこちらを牽制するような嫌な目つきをしていたのを覚えています」

なるほど、と源九郎は仙太を見て、

「その芝居小屋には、いかがわしいという以外に悪い噂などはないか」

「さぁ……あまり聞いたことはありませんが。芝居の内容は若い男たちが喜ぶようなものばかりですからねぇ」

「子どもも出ているのかな」

「それはありませんや。若い女は大勢出てますが」

「子どもが絡《から》んだ揉《も》め事などは聞いておらぬか？」

仙太は、天井を見たり目をぱちぱちさせていたが、

「そういえば、近頃、子どもが神かくしにあうという話を聞いたことがあります」

「神かくしなどあるはずはない」

決めつける源九郎に、お咲は不服そうな顔をした。

「そうでもありませんよ。突然、子どもが消えるということは、ときどきありますから」

「迷子になっているのであろう」

「そういってしまったら身も蓋《ふた》もありません」

「世の中、不思議なことなどないのだ。必ず答えはある」

とにかく、天野座に行ってみようと源九郎は立ち上がった。私もご一緒に、とお咲も続こうとするのを、

「いや、お咲ちゃんには頼みたいことがある」

そういって、止める源九郎を、怪訝《けげん》そうに見る。

「近頃、面倒な事件が起きているかどうか知りたい。神かくしでもそれ以外の揉め事でも芝居小屋絡みなども」

「はい……でも、どうやって調べましょうか」

自問していたお咲は、ぽんと膝《ひざ》を叩いて、

「では、出入りの御用聞きにでも訊いてみましょう」

「それがいい。後でここに戻ってこよう。慌てなくてもよいぞ」

「わかりました」

嬉《うれ》しそうにするお咲の顔を源九郎はまじまじと見て、

「お咲ちゃんは元気でよろしい」

「それだけが取り柄です」

「いやいや、顔も可愛いぞ」

「まぁ」

「妹のような可愛さだがな」

わっはっは、と屈託のない笑いでお咲を煙に巻くと、

「仙ちゃん、行こう」

仙太が立ち上がろうとしたとき、杉之丞は体をもじもじさせながら、

「あのぉ……私はどうしたら」

「決まっておる。一緒に行くのだ。そうしなければ子どもを引っ張っていた男たちの

顔がわからぬではないか」

「はぁ」

気乗りしなさそうに肩を下げた。

「弱そうな杉さまですねぇ」

お咲が呆れ顔で、

「剣呑《けんのん》なことは嫌いなのです」

杉之丞は、さらに縮こまってしまった。

「旦那……あっしに喧嘩を売ったくせに。ありゃ空元気ですかい？　そんなことではいつまでたっても、ごろつきに尾けられた原因がわからねぇままになってしまいますぜ」

仙太にいわれて、しぶしぶ杉之丞も立ち上がるしかなかった。

五

いかがわしい芝居を公演しているという天野座は、東両国にある。

この辺りは、たしかに女の裸を売りにするような見せ物小屋が数多く並んでいる。

信州の熊女《くまおんな》やら、ろくろっ首、女の股ぐらを突かせる、やれつけそれつけ、などという遊びまであった。

そんな界隈《かいわい》だから、あまり若い娘は歩いていない。子どももいない。いるのは、若い男たちだ。

ここは本来火除《ひよけ》地だから、夜になると葭簀《よしず》張りの店などは、畳まなければいけない。

そのために、見るからに簡易な作りになった店が並んでいる。

その一角に天野座があった。

細い丸太を組んで、その周囲を筵で囲んでいるだけである。外に小さな小屋があり、そこが出演する役者たちの、楽屋のようになっていた。

役者たちは裏側から舞台に上がっているらしく、杉之丞が子どもの手を引く男たちを見かけたのは、その小屋の周辺だという。

天野座の小屋主に会うと、四十がらみの幻雪《げんせつ》という男だった。自分も舞台に立っているらしい。

顔が四角いので、源九郎は顔が舞台のようだ、などといって、

「これが本当の舞台顔だ」

茶化された幻雪は嫌そうな顔をしながら、

「あのぉ、お侍さまはどのようなおかたです？」

「名乗るほどの者ではないが、なに、この江戸市中、いやさ日本にあふれる悪を退治する者だ。いわば、懲《こ》らしめ屋だな」

「はぁ？」

「なに、細かいことは気にするな」

冗談とも本気ともわからぬ言葉に面食らった幻雪は、それ以上問うのをやめてしまった。

「それはそうと、なにか御用の筋でございましょうか？」

白柄の刀はどうみても、町方には見えないという目つきだ。

「ふむ。御用といえばそうだが、違うといえばまた違う」

「あのぉ」

「おぬしに子どもはおるか？」

「はぁ？　あの、いえ、おりません。まだ独り者です」

「数日前、おそらく一昨日だろう。このあたりで、子どもが消えたという話があるのだが、聞いたことはあるかな？」

そんな話は仙太も杉之丞もお咲もしていないのだが、源九郎はきつい目で幻雪を睨みつけた。

「あう……いえ、そのような話はまったく聞いたことはありませんが」

「嘘をつくと針千本だぞ」

本当に知らない、と幻雪は何度もいい続ける。

「ならば、この界隈で、神かくしはあるか」

「さぁ、あまり聞いたことはありませんが」

杉之丞が黙っているところを見ると、幻雪は子どもの手を引いていた男の仲間ではないらしい。

とはいえ、たまたまそのときだけ姿がなかったとも考えられる。源九郎はさらに追及する。

「この座に子役はおるかな？」

「ひとりもいません」

「女役者は、何人だ」

「五人いますが、常に全員が出ているわけではありません」

毎日、入れ替わりながら舞台に立っているということらしい。

「その者たちの住まいは？」

「そんなものはありません。贔屓《ひいき》のかたがあちこち連れて行ってくれますからねぇ」

ようするに出会い茶屋だろう。

ふむと腕を組んだ源九郎は、次に男の役者や裏方に会いたい、といった。

「全員ですかい？　八人いますが」

「できれば、ここに集めてほしい」

眉をひそめて、難しい相談だと幻雪は答えた。出番になるとこの場にやってくるだけだ、という。

「それで舞台が成り立つんですかい？」

訊いたのは仙太だ。

「まぁ、舞台といってもたいしたことをやるわけじゃねぇしなぁ」

しっかりした台本があるわけでもないから、役作りなどはいらない。そのときの気分で台詞も変わるし舞台なども適当なものなのだ、と幻雪は答えた。

ならば、と杉之丞をこちらに呼んで、見た男たちの人相をいわせた。

「遠目だからはっきりは見えなかったのですが、ひとりは、頬《ほお》に傷があったような気がします」

「頬に傷がある男……」

　思い出そうという素振りはするが、いませんねぇそんな奴は、とすぐ否定した。だが、どこか目が泳いでいる。

　源九郎はその迷いを見逃さなかったが、

「そうか、邪魔したな」

　立ち去ろうとして、あぁ、そうだといいながら振り返った。

「もし、その男を見かけたら、私が必ず捜し出して、八つ裂きにして首を取り小塚《こづか》原《ぱら》で三尺高いところに置いて、見せしめにしてやるから、と伝えておいてくれぬか。この辺りを歩いているはずだからなぁ」

　わっははは、と大口を開いて笑いながら、源九郎は仙太と杉之丞を引き連れて、芝居小屋を後にした。

　ささっと速歩で小屋を離れた源九郎は、すぐ横丁に入り、陰から幻雪の動きを見張った。

「日之本氏《うじ》……」

「源九郎でよい」

「では、源さん、いや源九郎殿、どうしてあのようなおかしな物言いをしたのです？」

「杉さんは、頭が悪いなぁ」

むっとした杉之丞を無視して通りを見たまま、

「あきらかに幻雪は、頬に傷のある男を知っておる。嘘をついたのは、見え見えだ。だから、わざとあんないいかたをして、あぶり出そうとしているのだ」

「ははぁ……」

「おぬしはどこの家中であったかな？　まだ訊いておらぬが」

「は、あ、いえ、それはご勘弁を」

「若いのに頭が回らぬ家臣を持って、主君は情けないと嘆《なげ》いておるであろうなぁ」

「…………」

そのとき、仙太が囁いた。

「あの野郎が来ました」

考え事でもしているのか、幻雪は腕を組み目を伏せたまま進んでいる。一度、顔を上げたと思ったら、また伏せた。

目的の場所に行こうかどうしようか決めかねているらしい。

やがて心を決めたのか、まっすぐ前を見ながら歩き出した。

一ツ目橋を渡り竪川沿いを東へ進んで行く。林《はやし》町の手前で右に曲がり、やがて高橋《たかばし》を渡ると霊巌寺《れいがんじ》門前にある長屋に入っていった。

尾行にはまったく気がついていないらしい。木戸を潜っていった幻雪を認めてから源九郎は杉之丞にここにいろ、と命じて、

「万一、頬傷の男が来たら、騒げ」

「はい？　騒げとは？」

「なんでもいい、金返せ！　でもいいし、犬の糞踏んじゃった！　やーいやーい、そのハゲチャビンでもなんでもいい。自分で考えろ」

「し、しかし……」

「来たらの話だ」

「わ、わかりました」

はぁと溜息《ためいき》をつく杉之丞から仙太に体を向けて、源九郎は行くぞと促した。

「なかに入るんですかい」

「いや、そこの茶屋で待っておる」

驚いた杉之丞に、源九郎はあっさりと、

「敵の顔を知っておるのは、誰だ？」

返事も待たずにさっさと離れてしまった。

六

茶屋のなかはわいわいがやがやと大勢の声が集まり、まるで普請場にいるような雰囲気だった。

十人も座ればそれだけで満員になるような茶屋に、それ以上の男たちが入っている。床机《しょうぎ》に座れない者たちは、立っているのだ。

「なんだこれは」

非難するというより、楽しんでいるような声音で、源九郎がきょろきょろ茶屋のなかを見回している。

「おそらく、看板娘目当てでしょう」

「なるほど」

どこにいるのか、と呟きながら居場所を確保しようと茶屋内を見回した。仙太もその後を進むが、

ない。

　仙太もいなせで売る魚屋だ。突然突き飛ばされて、そのまま引っ込むような男では
「なんだとぉ！」

　黒縮緬《ちりめん》の半纏《はんてん》を着た男に突き飛ばされてしまった。

「おい、新参者はもっと離れろ」


　喧嘩が始まろうとしたところに、源九郎が戻ってきて、

「すまぬ、すまぬ。この男はちとここが弱いのだ」

「なんです？」

　半纏の男はいきなり仲裁に現れた源九郎の言葉を飲み込めない。仙太はあまりのことをいわれて怒るどころか、きょとんとした目をするだけである。

「ほら、この目を見たらわかるであろう？」

　源九郎がなにをいおうとしているのか気がついたのだろう、仙太はわざと目だけを天井に向けて唇を尖《とが》らせた。まるでひょっとこである。

「あ……なるほど」

　半纏男はその顔を見て、これはいかん、危ない奴を突き飛ばしたと思ったらしい。源九郎に頭を下げて、こそこそ離れていった。

「ふふふ。仙太。お前もやるなぁ」

にやりとして源九郎がいった。

「源九郎の旦那こそ。それにしてもこれじゃ、杉之丞さんを待っているのは大変です。ずっと立っていなくちゃならねぇ」

たしかに見張り場所として最適とはいえない。

仙太は、他を探しましょうと店を先に出た。源九郎も続く。

ふと見ると、杉之丞は命じられたとおり、木戸から少し離れた物陰から見張っていた。頬傷の男が出てきたら、絶対に見逃さないという目つきである。

「真剣な顔ですぜ」

「ふむ。あのような目をすることもあるのだな」

ふたりは笑いながら、通りをうろつき回る。ちょうどぴったりの場所が見つからないのだ。

「どうします?」

仙太の問いに源九郎はふむと腕を組みながら、

「しょうがない。杉さんと一緒に待つか」

「いつ来るかわかりません」

そうかと答えた源九郎だったが、いやと首を振って、

「幻雪は小屋の仕事があるはずだ。そう長くはなるまい」

「なるほど。ですが幻雪は出てきたとしても、頬傷の男がいるかどうかはわかりません」

「もっともだな」

ならばと源九郎は、杉之丞のところにすたすたと向かい、そこを通り過ぎ木戸を潜ってしまった。

慌てて仙太は同じように追いかけて木戸を潜ると、それを見ていた杉之丞があたふたし始めて、

「ここ、これ、仙太。どうするつもりだ」

目がつり上がっている。仙太に喧嘩をふっかけてきたときと同じような目つきだった。

「杉之丞さん、落ち着いてくだせぇ」

「しかし。源九郎さんはなにをするつもりだ」

「おそらく幻雪が訪ねた家を襲うつもりでしょう」

そういっている間にも、源九郎の姿は溝板《どぶいた》を鳴らしながら、井戸端までいってい

る。

幻雪が入っていった住まいを探すのかと思ったら、井戸の陰に身を潜めた。誰かを見つけたらしい。

井戸から二番目の障子戸が開いて、幻雪が出てきた。

源九郎はそれを察して井戸の陰に隠れたらしい。

杉之丞と仙太も幻雪から死角の場所に移動した。

弥蔵《やぞう》を決め込んだ幻雪が、ひょいひょいと溝板を踏みながら木戸から外に出た。井戸の陰から姿を現した源九郎が、手でつけろと合図する。

手を上げて仙太が答えた。


通りに出た幻雪は、そのまま戻っていくのかと思っていたが、

「あれ？　あの野郎、あんなところに入って行きました」

水を撒いていた茶屋女に声をかけて、店のなかに入っていったのだ。幻雪の姿に気がついて男が寄ってきた。仙太を突き飛ばした黒い半纏を着ている男だった。

「あ、あいつ……」

喧嘩早い仙太は、さっき突き飛ばされたことがまだ悔しいらしい。握り拳《こぶし》を作り

ながら、源九郎の顔を見た。杉之丞はなんのことかわからず、二人の顔を交互に見直している。

「どうします？」

すぐにでも店に突っ込みたそうな顔をする仙太に、

「頬傷はないが……どうだ、杉さん」

あの顔に覚えはあるか、と源九郎は問うた。

「あ……あの半纏には覚えがあります。頬傷の男と一緒にいた男です」

「これは面白くなってきたぞ」

仙太もにやりとしながら、

「あの男の後をつけたら、頬傷の男に会えるかもしれませんや。仲間ということですよ」

あぁ、と杉之丞は得心顔をする。

「旦那……しっかりしてくださいよ」

「なにぃ？」

ふたりがまた衝突しそうになるのを、源九郎が止める。

「あれを見ろ」

目で示した先を見ると、幻雪とひそひそ話を終えた半纏男は、苦虫を噛みつぶしたような顔をしていたが、一度頷《うなず》きそれから店の外に出た。

幻雪はそのまま小屋のある東両国の方向へ戻っていく。

源九郎は少し考えて仙太に幻雪をつけろと命じ、自分は杉之丞とあの者をつけると伝え、後でひかり屋で落ち合う約束を交わした。

掘割が走る近辺には、かすかな霞《かすみ》がかかり、町の景色は薄ぼんやりとしている。

半纏男はそんななか、霊巌寺門前から武家屋敷が並ぶ道をくねくねと進んで、南割下水《わりげすい》に出ると横川に向かってすぐのところで北側に渡る。

「この辺りに塒《ねぐら》があるのでしょうか？」

杉之丞の言葉に源九郎は指を唇に当てた。漆喰《しっくい》作りの蔵があるその横丁を男がいきなり曲がった。

それまで歩く速度に変化はなかったのに、その動きは尾行に気がついたとしか思えなかった。

「ほら、よけいなことをいうから」

非難する源九郎に、杉之丞は首をすくめて、

「聞こえたのでしょうか？」

「静かにせよ」

さらに縮こまる杉之丞を置いて、源九郎が速歩で蔵の横まで進んだ。男の姿はそこで消えていた。

追いついた杉之丞は、足を止めて見る影もなく体を小さくさせている。

「諦《あきら》めるのは早い」

源九郎は黒板塀で囲まれ見越しの松の枝が通りを邪魔する場所まで進んだ。

「これか」

呟くと、背伸びをして枝を摑もうとするが届かない。飛び跳ねるとかろうじて枝を摑むことができた。

「ここに入っていったのだ」

枝にぶら下がったまま、杉之丞を見て、にやりと笑った。

武家屋敷ではない。だれか分限者が持っている寮のように見える。

「持ち主を探しましょうか」

「たまには、役に立つことをいう」

「私は馬鹿ではありません」

「だれもそんなことはいうておらぬではないか」

めた。

「仙太は思っています」

「あれは、魚屋だからな」

「はい？」

「特に意味はない。細かいことは気にするな」

枝から地面に飛び降りると、通りかかったほっかぶりをした荷車を引く男を呼び止めた。

七

荷車を引いた男は、腰を屈めて車を止めた。陽に焼けた顔がなにごとかと源九郎を見つめている。

にこにこしながら源九郎は不安を消し去るようにそばに寄っていって、この屋敷には誰が住んでいるのか尋ねた。

門跡《もんぜき》前で海産物問屋を開いている、大野屋九兵衛《おおのやきゅうべえ》が持っている寮だという。

大野屋は、もともと相模《さがみ》の出身で神奈川《かながわ》宿あたりから江戸まで手を拡げてきたやり手だという。

そこの息子に平太郎《へいたろう》という者がいて、これが無類の女好き。ひとりの女では満足できずに、この屋敷に連れ込んでは楽しんでいる、という風儀の悪い噂があるとその男は語った。

「じつは……」

男は、ほっかぶりを取り、

「私の嬶《かかあ》もこのなかに連れて行かれたんでございます」

悔しそうに眉を釣り上げた。

「ときどき、この屋敷の前をふたりで車を引いて通っていたのですが、あるとき若い衆が出てきて、いきなり嬶を連れて行ってしまいました」

「なんてことを」

杉之丞が拳を作って憤《いきどお》りを面《おもて》に見せる。

「それから何度か帰してくれと談判したんですが……」

男は顔を伏せながら、

「そんな女はいない、の一点張りで……」

「女房の名前はなんというのだ」

黙っていられないのだろう、杉之丞がいまにも屋敷のなかに入り込もうという顔をしながら訊いた。

「はい。お滝《たき》といいます。あっしは留助《とめすけ》といいまして、小梅《こうめ》のほうで野菜などを作って、こうやって江戸の町を行商に回っているのでございます」

「なるほど……源九郎どの」

「ふむ」

「これはいかに」

「世の中には悪い男がおるものだ」

「それだけですか」

「取り返してやりたいとは思うが、私にはかかわりのない話だ」

そういうと、すたすたと元来た道を戻り始める。慌てて杉之丞が追いかけて、

「そんな薄情な人とは思っていませんでした」

「し……」

「そんな顔をしても……はい?」

「筒抜けだ」

「え?」

「塀の奥に人の気配がした。こちらの会話を聞かれていたのだ。ここで話を続けるの

は得策ではないから離れた」

「はぁ……」

「留助をあとでひかり屋に連れてくるといい。話はそこからだ。これはちと面白くなってきたかもしれぬぞ」

「そうなんですか」

「頭はな、使うためにあるのだぞ。髷を結うためだけではない」

ふふふ、と含み笑いを浮かべ、源九郎は背中を見せた。


一刻（約二時間）後、ひかり屋の二階座敷で、源九郎を上座にして、杉之丞、仙太、そしてお咲。それに留助も体を小さくして座っていた。

幻雪は、あれからすぐ小屋に戻りましたと仙太が報告した。お咲は出入りの岡っ引きから、面白い話を聞きました、と深く息を吐いた。

岡っ引きというのは、両国から本所、深川《ふかがわ》辺りを縄張りにしている小弥太《こやた》という名前で、住まいは本所の二ツ目橋近くにあり、女房が菓子屋を開いているとのことだ。

「ですから、子どもの事件に対してはけっこう敏感なんです」

お咲は答えた。

その小弥太に神かくしが近頃あったかどうか訊いたところ、江戸では子どもが消えるのは、珍しいことではないと答えたというのだ。

女衒《ぜげん》が連れて行ってしまうという噂もあるのだが、現場を見たわけでもなく、はっきりしたことはわからない。迷子になってそのまま近所の長屋が面倒を見るというのは、普通の話だ。

そうやって紛れ込んできた子どもは、長屋の住民全員で育て上げる。

だから、浅草浅草寺《あさくさせんそう》や湯島《ゆしま》天神の境内《けいだい》には、迷子石がありそこに迷子の子どもを見つけた者、探している者たちが、子どもの特徴などを書いた札を貼って、覚えのある者は訪ねて行く。

「それより問題は、女が消えているというのです」

お咲がいうには、人妻が消えたという噂を小弥太が拾ってきた、というのだった。

どこかの若い衆が、夜道や、闇《くら》い道、あるいは人通りの少ない道を人妻が歩いていると連れて行く噂があるというのだった。

その言葉に留助が膝をにじり寄せて、

「おれの嬶と一緒だ！」

と叫んだ。

源九郎が南割下水の黒板塀に囲まれた屋敷の前で、留助の女房が若い衆に連れ去られた話をお咲に告げた。

「そんなことがあったんですか」

驚きながら、お咲が「大野屋」について知っていることを話した。できの悪い息子がいて、大野屋の主もそうとう困っているらしい。そのドラ息子が寮を使っているようなのだ。

沈んだ目をしながら留助を見つめて、

「同じ若い衆だったとしたら……」

「あの屋敷が怪しい」

杉之丞が頷いた。

「あんたが、へんなものを見たおかげで、どんどんおかしな方向へ話が進んでいくではないか」

笑いながら源九郎がいうと、

「望んでこんなことになったわけではありません」

ふむ、と頷いた源九郎は言葉を繋《つな》いだ。

「考えられることは、あの南割下水の寮にいる大野屋九兵衛の息子が女をさらっているのではないか、という疑いであるなぁ」

そこまでいって、源九郎は留助に目を向けて、

「どうして女房を連れ去られた話を町方に黙っていたのだ」

「はい……それは」

顔を伏せてきまり悪そうにしながら、

「金子《きんす》を貰《もら》ってしまったのです」

「なんだって？」

「若い衆に嬶を連れて行かれ慌てて追いかけました。だが、そのとき若い衆のひとりに、これで口を噤《つぐ》めといわれたのです。二十五両包みでした……」

「それで女房を売ったというのかい！」

仙太は、とんでもねぇ男だといいたそうである。

「そのときは、包みの重さに負けてしまったのです」

正気に戻ったら、金で女房を売るなどとんでもない、と屋敷の界隈《かいわい》をなんとか取り戻す算段はないかと歩き回っていた、というのだった。

「金子を渡した男の人相を覚えておるかな」

「はい。顔はどこか剣呑な雰囲気でしたが、これといった特徴はありません。そうい

えば黒い半纏姿の男でした」

「あ……」

杉之丞が、声を上げる。

「嬶を羽交い締めにした男の頬には、傷があったように思います」

「決まりだ……」

源九郎は呟き、皆を見回した。

「だが、私が見たのは子どもを引っ張っているところです。それなのに、私が襲われたのはなぜです？」

怪訝な顔を見せる杉之丞に、

「髷だけではない、というたではないか？」

源九郎が、手で自分の頭を叩いた。

「はい？」

「頭は髷を結うだけではないのだぞ」

おほほ、とお咲が笑みを見られぬように顔を伏せると、杉之丞は不満そうにお咲を見て、

「なんです、あなたまで」

「わかりませんか?」

「あなたには、見えているというのですか」

「もちろんです。さきほど、小弥太親分の言葉をお伝えしましたね」

「…………」

「人妻が消えていると」

「あぁ、確かに」

「あなた様が見たのは、どこぞの女房を連れ去ろうとしたとき、一緒にいた子どもを引き剝《は》がすか、それともやはり連れ去って、人売りでもしようとしていたのではありませんか?」

「おう……」

そうか、という言葉を飲み込んで、杉之丞は膝を前ににじり寄せ、

「このままにはしておけません!」

一際大きな声で叫んだ。

「よし、やるか」

源九郎が呟いた。その顔は子どもが好きなおもちゃを見つけたときのような顔である。杉之丞もなにをやろうとしているか、気がついたらしい。

「潜り込みますか？」

「留助、今夜お滝さんを助けてやるぞ」

「本当ですかい？」

「ただし、あの屋敷からほかに移されていなければよいが」

「それはありません」

大声で留助がいった。肩に力を入れながら、

「なかからときどき、声が聞こえていました」

と泣き出した。杉之丞は許せん、と叫んで義憤にかられた顔をしながら、もらい泣きを始めていた。

八

その日の夜——。

亥《い》の刻（午後十時）を過ぎて木戸も閉まった後。このような刻限に通りを歩くのは、夜回りと産婆、そして野盗くらいのものだ。

まだ春には遠く、夜風は冷たい。

地面を照らす月は半月。常夜灯の光から外れるように、三つの黒装束姿が本所、割下水沿いを駆け抜けていく。

うっすらとした曇天の空に、表店や長屋の屋根が、黒く不気味に見えていた。

「なにか起きそうな夜ですねぇ」

声は三原杉之丞であった。

「杉之丞さん、怖いんですかい？」

こちらは、仙太。

「武家を馬鹿と申すか」

「馬鹿だなんていってませんよ」

「馬鹿にしたではないか」

「してません」

ふたりの掛け合いに、

「やめろ、馬鹿者」

止めたのは、源九郎である。

向かっているのは、大野屋九兵衛の寮だ。南割下水の臭気を感じながら、駆け抜けると、黒板塀の囲いが見えてきた。

提灯などは持っていないが、闇の中を走り続けていたせいで、夜目が利《き》くようになっている。

見越しの松の枝が塀から飛び出ている場所をなんとか見つけると、源九郎は仙太に、

「飛べるか」

と訊いた。

もちろんでさぁ、と答えた仙太はひょいと飛び上がると、鮮やかに枝を摑んで塀の上に飛び上がった。

「どこかに裏戸があるはずだ。それを見つけよう」

源九郎は塀に沿って歩き出し、杉之丞には逆から回って、裏戸を見つけろと命じた。

「仙ちゃんは飛び降りて裏戸を探せ。私が外から合図をするからそうしたら、なかから開けるんだ」

「合図とはなんです？」

「犬の鳴き声でも真似しよう」

犬？　ちょっと考えて、それから仙太は答えた。

「合点」

塀からなかに飛び降りた仙太を確かめてから、雨も降っていないのに、緩んだ地面を蹴って走りだす。

角を一度曲がったところで、裏戸が見えた。観音開きの取っ手が出ていたのだ。

「う——わん、わん」

合図というより、人の声そのままだったが、すぐぎいと音を立てて戸が開いた。仙太が向こう側から引いたのだ。

「杉さんは?」

「ん、知らぬ。反対側から回っておるから、当分来ぬな。ほうっておこう」

「なに、いまの犬の鳴き声を聞いたら戻ってくるであろう」

「いいんですかい?」

闇のなかでやりとりすると、源九郎は戸を潜って庭に足を踏み入れた。

「ここは開けたままにしておこう。あとで杉さんが入る」

杉之丞を待たずにふたりは、庭をしゃがんで進み出した。樹木が生えていて鬱蒼《うっそう》としているためかすかな月の明かりが頼りだった。

庭というよりは、敷地のなかに林があるといったほうがよさそうだ。

しんとした寒さに包まれるなか、源九郎も仙太も黙々と前進する。

少し進んだところに井戸があった。

「これが火鉢ならありがたかったがなぁ」

囁くように源九郎がいうと、

「あちらに、灯が見えます」

濡れ縁の向こうに障子戸が見えていた。

角行灯の形がうすぼんやりと明かりを見せている。その前に見台でも見ているのか、男らしき影が映っていた。

源九郎は、いきなり立ち上がり、濡れ縁まで一気に駆け込んだ。

わざと音を立てて上がり込むと、勢いよく戸を開いた。

「女を出せ！」

「な、な、なんです、あなたは」

男は大野屋九兵衛だろうか、白髪混じりの恰幅《かっぷく》のいい男だった。

「女を帰してもらいに来た者だ」

「そ、そんな……」

「お滝という女がいるはずだ」

「そ、そんな女はいません！」

ふっと九兵衛らしき男の顔が後ろに向きかけ、はっとしたように慌てて戻した。

「本当におらぬのか？」

源九郎が念を押すと、

「誰か！」

あわてふためいて、後ずさりしながら大きな声で叫んだ。

叫ぶ前の顔の向きに気がついている源九郎は、ふっと顔をほころばせる。濡れ縁でなりゆきを見守っていた仙太に、ついてこいと告げた。

部屋から出ると、白髪頭が顔を向けた方向に体を向けて、廊下を走り抜ける。

三間先に鉤《かぎ》型に曲がる場所があった。そこから地面の上に板を渡した外廊下になった。

踏みつけると、どたどたと音がした。

「なるほど」

源九郎が、得心した声を出す。

「なんです？」

「音だ。外廊下が誰か侵入したらすぐわかるように工夫されている。ついでに逃げたらすぐわかるようにしているに違いない」

「はぁ、なるほど」

感心しながら仙太は、わざと音をたてる源九郎に、

「そんなに音をたてていいんですかい？」

「わざと聞かせている。杉さまにな」

あ……そういえばと仙太は後ろを振り向いた。あの裏戸に気がついただろうか、と漏らしながら、

「この先にお滝さんがいるんでしょうか？」

「ほかの娘、いや人妻もいたらお慰《なぐさ》みであるぞ」

外廊下の突き当たりに数段の階段があった。それを上がると、離れ屋敷になっていた。音を聞いたのか、若い男が寝間着のまま廊下に立っていた。左手で提灯を持ち、右手には棍棒《こんぼう》を持っている。

「盗人か！」

問う声には聞き覚えがあった。黒縮面の半纏を着ていた男に違いない。その後ろにもうひとり男が立っている。そいつが頬傷のある男だろう。

半纏の男は提灯を差し出し、そこに映った源九郎と仙太の顔を認めた。

「ふん、やはりてめぇらか。あのときつけられたと思って、裏木戸から入らず枝づたいに入ったのだが、ばれていたなら仕方がねぇ」

「馬鹿は馬鹿なことをするものだ」

「なにぃ？」

「あのとき、あんな真似をせずに通りすぎてから消えたら、この屋敷には目を付けずにいたものを」

「……くそ」

「いま頃気がついても遅いなぁ」

「やかましい！」

提灯が源九郎目がけて投げられた。

紙に火が移り燃え出した。

火の付いた提灯を避けてから、源九郎は廊下に上がろうとした。半纏男がそれを阻止しようと上から棍棒を振り下ろした。

空振りだった。

すぅっと体を縮めて右に寄っただけだが、源九郎の体が消えたように感じたことだろう。

「仙ちゃん、女たちを探せ！」

半纏男を牽制しながら源九郎は叫んだ。合点という声が聞こえて、仙太は動けずにいる半纏男から離れたところから建物のなかに入っていった。

やがて建物全体が明るくなった。高張提灯が持ちだされたらしい。庭の奥までが見通せるようになった。

隠れるつもりはないのだが、敵の目をごまかすことができなくなった。その分、相手の居場所もはっきりするのだから、戦う条件に変わりない。

明かりが林の隙間を照らし、杉之丞がうろうろしている様がはっきり見えた。気をつけろ、と叫ぶと杉之丞が手を上げて答えた。

敵は半纏男に頬傷の男。それに数人の影が見える。全部で五人と源九郎は踏んだ。

一番やっかいなのは頬傷男のように見える。まずは半纏男を倒そうと、源九郎は濡れ縁に上がって対峙《たいじ》した。

棍棒を持った半纏男は腰を落としている。喧嘩慣れをした構えだったが、源九郎の動きは素早く、半纏男の目には入っていなかったことだろう。あっという間に鳩尾に拳を入れると、棍棒を振り回す間もなく崩れ落ちていた。

一度顔を見せて濡れ縁から奥に向かった頰傷の男を探す。わずかな隙間しかない板戸を蹴飛ばして、奥に入ると二十畳ほどの部屋だった。

頰傷の男の後ろで、若い男がぶるぶる震えて立っていた。色が白くいかにも優男だった。左右に匕首を持った男と長どすを構えた男が優男を、護る形で支えている。

「あんたは、大野屋の息子、平太郎さんだな」

唇が震えて答えられないらしい。だが、顔はその通りだと教えている。

「誰だい、あんたは」

代わりに一歩前に出てきたのは、頰傷の男だった。さっき高張を持ち出してきたのはこの男だろう。腰に大刀を差していた。

「おぬし、元は武士か」

源九郎が威厳《いげん》のある声を出した。その物言いぶりに、普通とは異なる雰囲気を感じたか、頰傷の男はうっと息を詰めて一歩、後ろに下がった。

「お前は……どこのだれだ。名を名乗れ」

「聞かれて名乗るもおこがましいが……姓は日之本、名は源九郎。人呼んで風来侍、本所の若さま悪人退治をする男、あるときは魚屋、またあるときは……」

「うるさい！　なにをごちゃごちゃと」

「しまった、芝居が大好きでなぁ。つい癖《くせ》が出てしまった」

さらに源九郎が、黒装束をさぁっと脱ぎ捨てると、上から下まで真っ白の着物。裾《すそ》には金糸で織られた白鳥が日輪の真ん中を飛んでいる姿。

あっけにとられた頰傷の男は言葉を失い、震えていた平太郎らしき男も、ほかのふたりも、一瞬時が止まったような顔をしている。

九

「待てよ……本所の若さまといま申したな？」

それがどうした、と源九郎の目が答えた。

「聞いたことがあるぞ。どこぞの落とし胤《だね》が本所に屋敷を貰ってひっそりと暮らしていると……まさか、おぬしが」

「おっと、それ以上いうでない」

「世間に出たらいかぬというお約束だと聞いていたが……」

「それ以上よけいなことを喋《しゃべ》るなというておる」

仙太はお滝たちを探しているからこの会話は聞いていない。

「その言葉遣い、態度、佇《たたず》まい……すべてが本所の若さまといっている」

急に畏怖《いふ》の念が湧いてきたようだが、悪事を見破られたからには、そのままにしておくわけにはいかぬ、という思いが伝わってくる。

「こうなったら、勝負を」

後ろで震えている平太郎には、どこまでこの会話の意味を理解できているか、それはわからない。源九郎はじりっと前に出て、

「よけいな争いは好まぬ」

「いざ……」

「仕方がないなぁ」

ふっと笑みを浮かべ、頬傷の男の名前を尋ねると、男は浪人本谷貞之助《もとやさだのすけ》と答えた。

「元は旗本か、あるいは御家人か。どちらでもよいが、なぜゆえこんな馬鹿な手伝いをしておるのだ」

「問答無用。いざ勝負を」

貞之助は青眼《せいがん》に構えた。切っ先を源九郎の喉仏《のどぼとけ》にぴたりと向けたが、ふと迷いが生まれて、一寸ばかりはずした。

その瞬間だった。源九郎は抜き打ちに打って出て、右に薙《な》いだ。貞之助はそれを刀

の腹で返して、袈裟《けさ》に斬り込む。

源九郎はそれを受けて逆袈裟に斬り下ろした。あっという間の戦いだった。

平太郎たちにしてみると、瞬《まばた》きする瞬間にしか映っていなかったことだろう。気がついたら、貞之助が手の甲を押さえて刀を落としていた。

「それだけの腕を持ちながら、もったいない」

静かに源九郎が納刀したとき、どんどんという音がして、杉之丞が部屋に入ってきた。後ろで仙太とふたりの女がお互い体を支えあっていた。

「お咲さんを起こして、小弥太親分に知らせを」

源九郎の言葉に仙太が、合点と叫んだ。

平太郎の体から力が抜け、守っていた男たちも逃げ出そうとしたところを、源九郎にあっさり眠らされてしまった。


数日後——。

例によって、ひかり屋の二階座敷。源九郎を中心にして全員が集まっている。留助とその女房、お滝の顔もあった。

「今度の一件は、結局大野屋がやっていたということですかねぇ?」

仙太が首を傾げていると、お咲のところに客が来たと呼び出しが入った。誰か問うと、二つ目の親分です、と女中が答えた。

どうしましょう、とお咲の目が源九郎に問う。よかろう、と同じく目配せで返した。

すぐ階段を登る音が聞こえて、三十半ばの実直そうな男が部屋に入ってきた。唐桟《とうざん》の縞《しま》柄を着流しに、薄い空色の大島を粋に貝の口に結び、十手《じって》を背中に差している。

御用聞きといえば、人品骨柄あまりよろしいとはいえぬ者が多いのだが、ちと違う雰囲気で小弥太でございます、という頭を下げた声も落ち着いている。

「こちらの親分さんが、源九郎さまたちにお礼をと申しておりましたので……」

お咲の言葉から感じるに、どうやら最初から会わせるつもりだったらしい。部屋に入ると、小弥太はていねいに頭を下げて、

「本所の若さまとお見受けいたします。お見知りおきを」

「ほう、私を知っておるのか」

「一度、先代の親分についてお屋敷に入ったことがあります。まだ若さまが幼き頃のことでした。そのとき、若さまのご尊顔を拝したことがあります」

「それは、知らなかった」

小弥太の目を覗きこむ。身分ある者とは聞いたのだろうが、詳しくは知らぬらしい。

「まぁ、今後もよろしく頼む」

「おそれいります」

「よしよし、わっははは」

いきなり笑った源九郎にみなが驚く。

「いやいや、すまぬ。江戸の町にはおそろしくいい男たちが揃《そろ》っておると思《おも》うてなぁ。うれしくなってしもうた」

「あら、いい女はいませんか?」

お咲が不服そうに頬を膨らませ、お滝にねぇと同意を求めた。お滝は下膨れだが、愛嬌《あいきょう》がある。となりに座った留助ともども、どんな顔でここに座っていたらいいのか、困り顔であった。

それを察したお咲がわざと話を振ったのだろう。それに気がついた源九郎は、

「いやいや、お女中たちも美しいぞ。ところで、小弥太」

「はい」

「此度《こたび》のかどわかしはどのようなものであったのだ」

「経緯はこうです。大野屋の平太郎は無類の人妻好みでした。父親も困るほどだったと申します。これまではなんとか抑えていたらしいのですが、あるとき亀戸《かめいど》の臥龍《がりよう》梅《ばい》を見物に行ったとき、そぞろ歩きをしていた人妻を見て、どうしても我慢ができなくなったといいます」

「その女房とは？」

「へぇ、名をお衣《きぬ》といいまして、両国の錺《かざり》職人の妻でした。子持ちですが一度燃え上がった火はなかなか消えず、後を追ってきた子どもを離そうとしたといいます。その話があちこちで若い衆が女をさらう、という噂を作っていたようでした。錺職人が事件を知ってもらいたくて、あちこちで女がさらわれていると触れ歩いていたようです。実際には、事件は一件だけでしたが」

杉之丞が頷きながら、

「それを私が目撃したのですか。そのために襲われた。なにが起きているのか私としては、さっぱり気がつかずにいたのに……」

「だから頭は髷だけではない、と申しておる」

源九郎にいわれて、むっとしてからしゅんとなった杉之丞を助けるように、小弥太が言葉を継いだ。

「まぁ、悪さをする連中はうしろめたさがあるために、後顧の憂いを断とうと先走りをしますからねぇ」

小弥太の答えに、かすかに笑みを浮かべた杉之丞を見て、お咲は顔を伏せる。笑いをこらえているのだ。

「子どもを離して、母親のお衣をさらった。それに味をしめた平太郎は、お滝さんをも連れ去った、ということか。だが、離した子どもはどうしたのだ？」

お滝とお衣は助けることができたが、子どもの姿は屋敷のなかを探しても見つからなかったのである。

その問いに小弥太は、へぇと手拭いで口を拭《ふ》いてから話を続けた。

「源九郎様が倒した黒半纏の男がいたと思いますが、野郎は久米《くめ》の三次《さんじ》といいまして、けちな小悪党です。野郎の塒を洗ったら物置に押し込められていました。三次の女が面倒を見ていたようです。少々衰弱はしていましたが、命には別状ありませんでした。無事にお衣のところに戻りました」

「それは、重畳。まずは丸く収まったということであるな。で、幻雪という小屋主はどうしたのだ？」

「はい。幻雪はそれほど重要な役にはついていませんでした。たまたま久米の三次とは茶屋の顔なじみで、三次が頬傷のある男、つまり本谷某《なにがし》という浪人と一緒にいるところを見ていたので、注進したというのが本当のところのようです」

「なるほど、これで一件落着だ」

源九郎の言葉で、部屋の緊張が一気に緩んだ。

「よし、それではどうだ、みなで梅見にでも行こうではないか」

「おう、それはよいですね」

一番に賛同したのは、杉之丞だった。

「私があのとき奴らを目撃していなければ、解決の緒にはならなかったはずだ。少しは気疲れを解きたい」

「はて、杉さんがなにをしましたかねぇ。そんなことをいったら、あっしが喧嘩を売らなければ、源九郎さんとも会わなかったんですぜ」

「……ほらみろ。先に喧嘩を売ってきたのは、お前ではないか。語るに落ちたぞ！」

いけねぇ、と首をすくめた仙太に、全員が笑った。

「杉さん、あまり細かいことは気にするな。禿げるぞ。禿げる前に臥龍梅でも見に行こうではないか」

わっはははと大笑いする源九郎の声に、ひかり屋に集まった一同もうれしそうだ。

「いやいや、それにしても江戸の町は本当に楽しい」

心底から語る源九郎は立ち上がると、

「ところで、お咲ちゃん、提重《さげじゅう》を頼むぞ」

「あら、これは気が付かずに」

「玉子焼きは必ず入れてくれよ」

「はい」

「いやぁ、江戸は楽しいぞ！」

源九郎の笑い声が回向院界隈に響き渡っていた。

第二話　空飛ぶ独楽《こま》

一

浅草奥山《おくやま》は東両国ほど猥雑《わいざつ》ではないが、見せ物小屋や食べ物屋などが並ぶ、江戸でも有数の人が集まる場所だ。

掏摸《すり》なども暗躍するし、大道芸人も立っている。独楽《こま》回し、蝦蟇《がま》の油売、豆蔵《まめぞう》、放下師《ほうかし》などが町行く人たちの目を楽しませている。

源九郎はいま、ちょっと小柄で、色黒の独楽回しの前に立っていた。大道で芸を売るから、顔色が黒くなっているのか、と源九郎は呟《つぶや》きながら、

「これは面白い。実に面白い」

じっと腕を組んで立ち止まったまま、動こうとしないので、仙太が、じれてしまった。

「早く行きましょう」

「もそっと待て」

「しかし」

「あれは、どうなっておるかわかるかな」

刃引きされた刀の上を独楽が、滑《すべ》っていく。

「まぁ、仕掛けがあるんでしょう」

「そうか」

源九郎は口元をほころばせている。

仙太の声が聞こえたのか、

「これこれ」

独楽回しの男が声をかけてきた。

「仕掛けがあるとはなにごとか」

そばに寄ってきて、文句をいい始めた。

縞柄の裁着袴《たつつけばかま》に、大黒頭巾《だいこくずきん》を被って、上は紙で作ったと思える裃《かみしも》を着ている。

よく見ると、珍妙な格好だ。

その姿にも源九郎は、興味があるらしい。

独楽回しは、仙太の言葉を撤回させようとしたのか、

「これを見てみろ」

回していた独楽を差し出した。

顔をしかめながら、仙太は、独楽を手に取る。

「どうだ、なにか仕掛けがあるか」

「これだけ見たんじゃわからねぇ」

「では、この刀も見たらいいだろう」

仙太は、独楽と刀を繰り返し調べてから、

「なにもねぇな」

「だったら、さっきの言葉を撤回するんだなぁ」

「ふん」

仙太は、後ろを向いて、そこから離れようとすると、

「逃げるのかい！」

すると、源九郎が独楽回しの前に立ち、なにやら、小さく囁《ささや》いた。独楽回しは、ぎょっとした顔をして、そのまま戻っていったではないか。

なにを伝えたのか仙太がそばに戻って源九郎に訊くと、口元をにっとさせて、

「あれは、磁石だ」

「はぁ？」

「独楽の芯が磁石になっているから、落ちぬのだ」

「ははぁ……」

「それを伝えたら、あの通りだ」

独楽回しは、苦々しい顔をしながら源九郎を睨《にら》みつけている。それでも、演技は続けなければいけない。

今度は、鉄扇を取り出した。その上を独楽が滑っていく。

「あれも、磁石だからですかい？」

「もちろん」

鉄扇だから落ちるわけがない、と源九郎はあっさり看破したのであった。

苦々しい顔をしたまま演技をする独楽回しから離れて、ふたりは、田原《たわら》町方面に進んだ。

その辺りになると、大道芸人の姿や見せ物小屋の代わりに、仏具屋が並ぶようになる。

通りから仏具を、珍しそうに見ながら源九郎は、ぶらぶら歩きをする。

早くしてください、という仙太の言葉もあまり聞こえてはいないらしい。不動尊などの木彫りを見ては、

「ほう……これは面白い。実に美しい」

などと、飽きることもなく、立ち止まってはじっと見つめている。

源九郎と仙太が本所から浅草まで来ているのには、理由があった。お咲から小弥太が困っているらしい、と聞いたからだった。内容は会ってから話すというのである。

問題は浅草奥山という場所である。仙太が棒手振りをして歩くのは、主に両国を主戦場とする本所界隈。

「だから、あっちはおっかなくて……」

そういって、尻込みをしたのである。

「それは面白い。実に面白い」

大笑いをした源九郎が、それなら慣れるためにも行こう、と無理矢理連れ出したのである。

両国から浅草奥山へは大川沿いを登っていくだけである。道々、仙太が面白い客の話をしながら歩いた。

夫婦喧嘩をしているからこれはいかんと思って仲裁に入ったら、よけいなことをするな、といわれ、じゃあ、なんで殴り合いをしていたのか、と訊いたら、喧嘩の練習だといわれた。

きれいな娘が歩いていたので、お嬢さんいい魚がありますと、声をかけたら、陰間《かげま》だった。

座頭に魚を売るときには、手で触らせてこれが鯛、こっちがいわし、これがまぐろといってもなかなかわかってくれなかった。

などなど――。

いちいち、ふむふむと楽しそうに聞いていた源九郎は、感心しきりである。あまり、町人の暮らしの知識はないらしい。

「仙太は、いろんな経験を積んでいるのだなぁ」

「そんなことはありませんがねぇ……」

そこで、しばらく言葉が詰まった。

どうした、と源九郎が問うと、

「ところで、若さまはあの本所の若さまなんですかい？」

「細かいことは気にするなというておるではないか」

「そうかもしれませんが……はいはい、禿げるぞ、といいたいのでしょうが、でも気になります」

「ならば、本所の若さまでよい」

「投げやりじゃ困ります」

「ならば、本当のことだ」

「間違いありませんかい？」

「風来侍でもよいぞ」

「姓は風、名は来坊といつか啖呵《たんか》を切ってましたがねぇ。まぁいいや、そのうちはっきりさせてもらいます。そのときの楽しみに取っておきましょう」

「賢明なる考えだな」

「ところで、あの三原さんはどうしたんですかねぇ」

三原杉之丞は、自分が巻きこまれた事件が解決してから、姿を見せていないのだった。

「どこぞのご家中だろうからなぁ。かってに出歩くことはできなくなったか、国許へ帰されたか」

「お侍さまは、難儀ですねぇ」

「だから、馬鹿な武家は威張ってその難儀な気持ちを町人に当たってみたりするのだ。私は違うが」

「へぇ、そうなんですかい？」

「そう思っていたら、腹も立たぬであろう？」

「てへ……どこまで信じたらいいのやら」

なんの連絡もなく消えてしまうのは失礼だ、と仙太は憤っているが、侍はそんなものだ、と源九郎は気にもしてない。

「それより、小弥太の相談とはなにかな？」

「あの杉さんは、人に喧嘩を売っておいて、いやおれが最初に盤台を蹴飛ばされたと思って喧嘩を売ったのだから、別れの挨拶《あいさつ》くれぇしてくれてもよさそうなものではありませんかい？」

仙太が話を蒸し返すが、

「あの小弥太という御用聞きは、以前は侍だったような気がするがなぁ」

「病気にでもなっていませんかねぇ」

「小弥太がか？」

「……違いまさぁ。杉さんです」

「小弥太を好きなのか」

「……ですから、三原杉之丞さま！」

「なんと、小弥太とあの杉さんとの間で悩んでいたとは、仙ちゃんも隅におけぬ」

「……いったいなんのことですか」

「気にするな。戯言《ざれごと》だ」

奥山は今日も埃《ほこり》だらけだった。

だが、そこはかとなく梅の香りが漂い、風はときどき生暖かく、春の訪れを告げている。

ちょっとした空き地では、緋《ひ》の毛氈《もうせん》を敷いて、後ろに金屏風《びょうぶ》を立て掛け、梅の木の周りで酒盛りをしている者たちまでいた。

その周囲を、どこぞの手代らしき者が右往左往しているところを見ると、主人の命令で宴会を開く場所でも探しているのだろう。

さらに、印半纏を着た鳶《とび》の頭《かしら》が忙しそうに出入りしている。

「さすが奥山だ」

てんぷら屋、煮売り屋などの屋台には、大勢の人が集まっている。

ふと、源九郎はてんぷら屋の前で緊張した顔を見せた。

「どうしました？」

仙太が怪訝《けげん》な目で見たとき、源九郎のそばに、近づいた娘がいた。音もなく近づいたために、源九郎が身を引き締めた。だが、すぐ力が抜けた。

「おやぁ？」

見るとお咲である。春らしい梅小紋の小袖を着て、簪が揺れた丸髷は、いかにもおきゃんな町娘である。

「いかがしたのだ」

「私も小弥太さんから、呼ばれていたんですよ」

「これはしたり」

「あら、私が呼ばれたら変ですか？」

「いや、そうではないが……驚いた」

「若さまを追ってきたわけではありませんから、ご心配なく」

「心配などしておらぬ」

その答えは聞かずに、仙太にお元気ですか、などと機嫌よく声をかけるお咲に、源九郎は苦笑する。

待ち合わせの場所は、ときどき息抜きに小弥太が使っているという奥山から田原町に入ったところにある蕎麦《そば》屋。頃合いはちょうど午《うま》の刻を過ぎたあたりだった。

お咲も知っているというその店は、三浦《みうら》屋といって、となりが自身番でお咲にいわせると、

「こんな場所ですから、あまり客はいないのです」

要するに内緒話をするにはちょうどいいところだ。

入ると、たしかにほとんど客はいず、ひとりの客が二組だけだった。

主人が変わり者だからこんな場所に店を出したのだろう、という噂だとお咲は笑う。

入っていくと、小上がりで小弥太は待っていた。衝立《ついたて》で座っている顔ぶれも外からは見えない。

一番奥に座った源九郎は、白柄の大刀をはずして、

「いい蕎麦汁の香りがするぞ」

鼻をくんくんいわせるのではないかと思うほど、おかしな顔をする。

「蕎麦がお好きだとは知りませんでした」

目を細めながら、仙太がいった。

「人はな、うまいものを食べているときが、一番豊かな気持ちになれるのだぞ」

「ははぁ」

「なんだ、その顔は」

「ですから、いつもそのようなお顔なんですね」

「はん？」

「いや、細けぇことは気にしねぇほうがよろしいと思いやす」

「む。これは一本取られた」

ふたりのやりとりを顔をしわくちゃにしながら小弥太は聞いている。笑っているらしい。どちらかというと四角四面という言葉が似合いそうな小弥太なのだ。

仙太がてんぷらなど、てきとうに注文をしているのを見ながら、

「小弥太、いかがしたのだ」

まじめな顔に戻って源九郎が問う。

「へぇ……じつは娘盗人《ぬすっと》に手を焼いておりまして」

「娘盗人？」

一度、頷《うなず》いてから小弥太が語ったのは、つぎのような内容だった。

二

二年前から、女盗人がいるという噂が出回っていると小弥太はいう。

「お奉行様が、皆様に発破《はっぱ》をかけたとのことでして」

「おう、あの者が」

「はい？」

「いや、気にするな。続けよ」

怪訝な顔をしながら、小弥太は続ける。

「へぇ、まぁそれほど派手な盗みではないので、探索に皆が熱心ではありませんでしたから」

「金額が小さいと？」

「それもありますが、狙っているのはなにやら書付ではねぇかというのが、奉行所内での見方です」

「女が書付を狙うとしたら、たいていは身売りの証文とか、借金の証文と相場は決まってますぜ」

仙太がいうと、お咲があらそうとも限りませんよ、と首を振って、

「店の証文とか、土地の証文とか」

「そんなものが必要になる女なんざいませんや」

「あら、仙太さんはちょっとおつむが鈍いですねぇ。親のためとか姉妹のためとか、あるいは、なにか他の目的ということだってありませんか？」

最後の問いは源九郎に向けていた。

「ふむ、まだまるでわからんな。見た者はおらぬのか」

「またの名を小町小僧というほどですから、なかなかの美人じゃねぇか、という仲間もいるんですがねぇ」

「なるほど、美人だから小町小僧か」

源九郎は楽しそうに、にやりと笑って、

「まぁ、そんなことより、先にやることがあるぞ」

「はい？　なんですそれは」

小弥太が、なにかいい策でも思いついてくれたかと期待の目を向ける。

「なに、腹が減っては戦《いくさ》ができぬ。蕎麦はまだか」

顔に皺《しわ》を寄せながら、小弥太は律儀《りちぎ》にいますぐ、と返事をした。呆れ顔をするお咲を横目に、

「小町と呼ばれるほどなら人相書でもあるのであろう？」

「それがまったく」

「では、店の者もはっきり見ておらぬのか？」

「それが、見た者たちの証言がそれぞれ異なっているために、これといった人相書を

作ることができません」

まっすぐな視線を受けた小弥太は、まるで自分が悪事を働いているような思いにかられたのか、目を背けながら、

「それと、荷を背負って、行商人として店に来るという女の噂がありました」

ほう、と源九郎は興味をもったらしい。

「女が行商人に化けて盗人をやるのか」

これは面白い、実に面白いと源九郎は楽しそうだ。

「女だろうが、犬だろうが、悪いことは、やりまさぁ」

仙太が笑った。

「そうか」

仙太としては冗談のつもりだったが、源九郎は真に受けて頷いている。小弥太は、鼻に皺を寄せながら、

「ときには、小間物屋、ときには、髪結い、ときには、太物屋《ふともの》……と、その度に商売を変えています」

「なぜそれがわかる」

「忍び込まれた店の者たちの証言から、そのように」

盗人が入った後、突然出入りをしなくなった女行商人がいるとのことである。

「行商は鑑札《かんさつ》がなければできぬのではないのか」

源九郎は首を傾げる。

「もぐりでやっているんですよ」

仙太が答えると、

「それでは、捕まるではないか」

「もともと、盗みに入るためですから」

「なるほど」

源九郎は、妙な感心をした。

小弥太が続ける。

「まずは、行商人に化けて店の者と懇意《こんい》になり、数日してから店に忍び込むというわけでしょう。ここんところは、現れなかったのですが」

「また、盗みに入ったんですかい？」

仙太が問う。

「一カ月ほど前、いやもう少し経っているかもしれません。それもまた理由がわからねぇ……」

「どこの店が、狙われたのだ」

源九郎が訊いた。その目は輝いている。よほど探索が好きらしい。

「下谷《したや》の御成《おなり》街道沿いにある店なんです」

源九郎は頷いた。目の輝きはさらに増していた。

「いやいや、江戸の町は本当に面白い」

小弥太はなおも続けた。

小町小僧は、小町というだけあって、女の盗人。手下はおらず、ひとりで忍び込むらしいということしかわかってはいない。

最初の頃は男か女かも判明していなかったのだが、一年前、深川にある米問屋の大《おお》町《まち》屋に忍び込んだ。

主人夫婦と住み込みの手代と小僧がひとりずつという店であった。

忍び込むと主人夫婦の寝所に入り込み、縛《しば》り上げ、次に住み込みの連中を縛る。それをひとりでやり遂げる。小さな店のため、金蔵があるわけではなく、金庫のある部屋に連れて行かせ、そこで金を奪って逃げるというのが、やり方だった。

手口が同じだから、盗人も同じだと思われていた。

しかし、その日は少しだけ展開が狂ったらしい。赤ん坊が、大泣きをしたのだ。その声を聞いて、ふと後ろを振り返ったのだが、そのとき、盗人の顔が見えたという。

「それが、女だったというのか」

源九郎が問う。

「はい。そのようです」

「明かりはあったのか」

「いや、それはなかったらしいんですが、外からの月明かりに、ほんのりと見えたということでした」

「それでは、本当に女かどうかはわかりませんや」

仙太が首を傾げる。

「主だけではなく、一緒にいた内儀もいっていたんですが、振り向いたとき、かすかに化粧の匂いがしていた、というんです」

源九郎は思案しているふうだったが、

「女だから、小町小僧と名づけたわけだな」

「そういうことです」

小弥太が、頷いた。

「それが落とし穴かもしれぬ」

目を細めて源九郎がいった。

仙太が、不審そうに顔を向ける。

「言葉が独り歩きをしている。その盗人は女だという事実だけが大きくなってしまっては、間違いが起きるかもしれぬ、ということだ」

「男かもしれないということですかい?」

「それもあり得る」

「ははぁ……」

何度も、首を振りながら仙太は、ありそうな話です……と呟いた。

「なるほど……」

同調した小弥太だが、

「そうなると、いまでもどんな女かわからないのに、ますます混乱することになってしまいます」

鼻の皺がますます増えた。心配顔の小弥太に、腕を組んで思案しているふうの源九郎が、明るくいった。

「可能性はいろいろ考えておいたほうがよい」

「確かに」

「いまのところは、女を探しても良いのではないかな」

その言葉には、小弥太も賛同した。

それまでじっと話を聞いていたお咲が、ちょっと待ってください、とにじり寄った。

「私が呼ばれた理由を教えてくださいな。いままでの話では、なにもいなくてもいいような気がします」

「これは、すみません。お嬢さんには、これを見てもらいてぇと思いまして」

そういって、小弥太が懐から取り出したのは、匂い袋だった。朱色の絹製の袋だった。小弥太は、

「売っているところを知っていたら、教えてもらいてぇと思いまして」

お咲は、袋をじっと見ていたが、あぁ、とすぐ気がついたのか頷きながら、

「これは、浅草広小路の日向屋《ひゅうが》さんが作ってるものですよ。はら、この柄のなかに、日輪の印のような柄が紛れ込んでいるでしょう。これが日向屋さんの特徴なんです。近ごろ評判になって人気もあります」

それはいいことを聞いた、と小弥太は喜ぶ。

「この匂い袋は、以前小町小僧が盗みに入った店に落ちていたものなんです」

「ふむ。それはいつのことだ」

「いまから二カ月前のことです。両国のお富《とみ》、という小間物屋に入られたときのことです」

「どうにも、わからぬな」

「なにがです？」

「匂い袋を落としたり。小町小僧といわれるほどふたつ名がある盗人にしては、どじ過ぎはせぬか？」

源九郎は不服そうな顔をする。

小弥太はさらに続ける。

「この匂い袋を落としていった店の使用人たちの証言では、盗みに入った女の鼻の横に、大きな黒子《ほくろ》があったということです」

小弥太が答えた。

「黒子？」

ぽんぽんと脇息《きょうそく》を叩きながら源九郎は、唇を結んだ。

「それは、さらに都合のよいことよ」

その台詞に、小弥太は困り顔をする。

「わざと見せたのではないか？」

「黒子をですかい？」

訊いたのは、仙太だ。

「そうだ……」

「黒子を印象づけるために、ということですかい？」

「ふむ。匂い袋を落とし、顔を見せて黒子を確認させる。どうも気に入らぬ」

小弥太と仙太のふたりが顔を見合わせた。

「確かに、話がうますぎます」

「私が日向屋さんに行って、黒子の女がこれを買ったかどうか、聞いてきましょうか？」

「おう、そうしてもらえると、ありがてぇ」

すぐ確かめてきます、といってお咲は立ち上がった。それを潮に源九郎たちも店を出た。

三

通りに出ると、横を歩きながら顔に皺を寄せて、小弥太がいった。

「つい十日前のことになりますが、下谷にある太物屋、近江《おうみ》屋が襲われています。そのときは、黒子は見せていなかったといいますが……」

「果たして男か女か。ところで……さっき、こちらをちらちらと眺めている男がいたのだが」

「はい？」

源九郎は、後ろだと目で合図を送る。

「途中、てんぷらの屋台があり、そこの客が、こちらを見ていた。そのままこちらをつけてきておったのだが……」

あのとき、緊張した姿を見せたのは、そのせいだったたらしい。

「お咲ちゃんが来たから、見間違えたかなと思ったのだが、どうにも気になる」

だれか自分たちをつけてくる者がいるかどうか、小弥太が後ろを振り向いたが、そのような男の姿はなかった。

「どんな格好をしてました？」

小弥太が、訊いた。

「職人ふうだ」

「道具箱などは持っていましたかい」

「手ぶらだったようだが……」

「大工じゃねぇな」

江戸には大工が多い。火事が多いからだ。もし、大工なら道具箱を持たないはずはない。

「若さまが気になるのなら、間違いはねぇでしょう。こちらを窺《うかが》っていたのかもしれねぇ」

「としたら目的は、なんでしょうねぇ」

気持ち悪そうに仙太がいうと、

「源九郎さん……」

改まった小弥太が、不審そうな顔をしながら訊く。

「敵はいませんか？」

「いるかもしれぬな」

「どのような？」

「それがわかれば、苦労はない」

「なんだか、埒《らち》があきません」

わからぬことを考えていても仕方がない、と源九郎はいったが、

「あっしがそのてんぷら屋に話を聞いてきましょうか」

問うと源九郎は頷き、一緒に行くと答えた。

じゃ、あっしも、と仙太は腕まくりをする。

てんぷら屋まで戻っても、一丁（約一〇九メートル）と離れていない。そこだと源九郎が指さした。

「ちょっと、待っていてください」

小弥太だけてんぷら屋に入った。

自分の正体は明かさずに、台の上を拭いている親父にさっきまでいた男のことを訊きたいのだが、と話しかけた。

「どんな客だい」

鼻の尖《とが》った主人は、鼻先を掻《か》きながら首を傾げる。

「職人風で四十絡みの男なんだが、気がつかなかったかい？」

「あぁ……ひとりで座っていた、小柄な奴か」

「なにか気がついたことはなかったかなぁ？」

「さぁなぁ……いちいち店の客など気にしちゃいねぇが、まぁ、落ち着きがなかったのは確かだな。それで覚えているんだ」

「どんな人相でしたい？」

「やけに顔が日に焼けていたのは覚えてるぜ。あとは、まぁ小柄なことぐらいだ」

「出た後はどっちに向かったかわかりますかい？」

親父は、目の前を拭きながら、

「大川のほうに向かったぜ」

「大川に出たら、右に行きましたかい、左ですかい」

「さぁなぁ。そこまでは見ていねぇ」

そういいながら、ふと思い出したふうに、手でとんと柱を叩いた。

「そういえば、あの野郎、腹になにか入れていたなぁ。あれは匕首にちげぇねぇ。剣《けん》呑《のん》な野郎だと思っていたが……」

そこで、言葉を区切ると、

「おめぇさん、下っ引きかい？」

そこで、初めて小弥太はこういう者だ、と十手の先だけを懐から出して、ちらりと見せた。

「御用なんだ。はっきり思い出してもらいてぇ」

親父は裏に回って、お湯を確かめるとまた戻ってきて、

「あの野郎がなにかやったのかい？」

「まだだ。だが、なにかやった後じゃ困るからな」

「そうだ、あらぁ、職人じゃやねぇな。第一、指が細い。顔が黒い。居職《いじょく》ということもあるが、そうじゃやねぇだろう。外に働きに出てはいるが、道具を使う手じゃやねぇ」

「ほう」

「まぁ、いろんな客を見ているからな。そのくれぇは、想像できるようになったんだ」

「なるほど」

「外で商売をしているというと……植木屋？」

「違うな。どの指にもたこがなかった」

「そんなところまで見ていたんで？」

「客商売をやるには、そのくらいの気を使わねぇといけねぇ。どうだい、屋台をやる

なら、便宜《べんぎ》を図るぜ」

「……ありがてぇ話だが、いまのところその気はねぇよ」

「その気になったら、いつでも来るといい」

てんぷら屋の親父は、笑った。

若い客がふたり入ってきたのを潮に、小弥太は店から離れた。


小弥太が聞いてきた話を伝えると、源九郎はとにかく下谷の近江屋に行こうと歩き出した。

近江屋は間口四間ほどの作りで、それほど贅《ぜい》を凝《こ》らしているわけではないか、

「中庭なんぞがあり、まぁ、表から見るよりは、内証がいいようです」

と小弥太が告げる。

「太物屋というたな」

「まぁ、絹なども置いてあるようですが」

「店で働く者は？」

「亭主夫婦に、通いの番頭。住み込みの手代、小僧がひとりずつです」

源九郎はうんうんと頷いている。どこを見ているのか、小弥太にしても、仙太にし

ても不明だ。

「よし」

ふたりの思惑などまったく関係ないという顔つきで、源九郎はすたすたと下谷広小路に向かって足を進め出した。

不忍池《しのばずのいけ》が遠くに見えた頃　青い空がかすかに曇《くも》り始めてきた。少しずつ、周囲が暗くなっていく。

「雨だ……」

やがて、ぽつりぽつりと小さな雨粒が落ちてきた。


近江屋に着くと、源九郎はすぐ主に会いたいと小弥太に告げた。はい、と言って、小弥太が店の者になにやら語りかけると、店の者は慌てて奥に行き、すぐ主の近江屋松次郎《まつじろう》を連れてきた。

松次郎は、丸い顔を傾けながら、奥へどうぞと頭を下げた。

座敷は、八畳ほどで簞笥《たんす》などはあるが、それほど凝った部屋の造りではない。外構えと同じような雰囲気だった。だが、違い棚に飾られている壺《つぼ》は渋い色をしている。

源九郎がそれを見て、

「ほほう、あれは九谷《くたに》だな」

その囁きを松次郎は聞き逃さなかった。ほっと笑みを浮かべて、

「おわかりですか」

そういいながら、町方ではなさそうな侍の佇《たたず》まいに、ふと目を細めて、小弥太の顔を見た。

小弥太は気まずそうにしながらも、

「このおかたは、私が頼んで来てもらった。信頼できるかたなので心配はいらねぇから安心しな」

御用のときは、べらんめぇ調の言葉を使うらしい。

そうですか、と答えて松次郎はいま一度、源九郎に目を向ける。気品が感じられると見たのか、それ以上問い詰めはしなかった。

「で、なにかお聞きしたいことがある、とのことでしたが？」

早く話をすすめたそうに松次郎が訊いた。

「盗まれたものはなにもなかったという話であったが？」

訊いたのは、源九郎である。

「……はい。幸いに金子は一銭も持ち去られてはいませんでした」

「なにか要求はされなかったのか？」

「いえ、なにもありません。ただ、蔵の鍵をよこせといわれただけで。しょうがないので渡しました。でも幸いに、金子はそのままでしたので、はい」

「金蔵の鍵ではなかったのか？」

その問いに、松次郎は黙ってしまった。源九郎は、さらに追及する。

「金蔵だとしたら、一文も盗まずにいくというのは解《げ》せぬぞ。なにか他に盗まれたものがあるのではないか？」

「それが、どうにも……わかりません」

「本当かな？」

はい、と松次郎は額に汗をかきながら答えた。小弥太は、松次郎に正直に答えたほうがいいぞ、と助け船を出したが、それでもなにもありません、と言い切って、

「早く、あの黒子のある女を探し出してください」

「黒子のある行商人がいたのか」

源九郎の問いに、はい、と答えて、

「富山《とやま》の薬売りという触れ込みでした。長旅のせいか、日焼けしてくたびれた感じの女だったので、ほだされて薬を置いてやろうかと思っていたというのに、見事に裏切

られた思いでございます」

雨は本降りになったらしい。屋根を打つ雨の音が一段と強くなっていた。表店のほうから、がたがたと音が聞こえてくるのは、雨戸を閉めているのだろう。

と、源九郎は仙太になにか耳打ちをする。合点と囁いて、ちょっとはばかりを借ります、といってそこから離れていった。

仙太が部屋から出ていくと、源九郎はまた松次郎の顔をじっと見る。

「その薬売りだが、不審を感じたことはないか」

「さぁ……例えばどんなことでございます？」

「店の内情を訊いたり、お宝などがないか、などだ」

松次郎は小首を傾げながら、

「そのようなことは訊かれたことはありませんが……」

「教えたことはないんだな」

「商いのことについてよけいなことをいう商売人はおりません。よほど羽振りがいい店を持っているなら違うかもしれませんが」

「ふむ」

それまでどこにいたのか、仙太が戻ってきて源九郎に耳打ちをする。ふむ、と頷

き、視線をじっと松次郎に向けていた源九郎だったが、

「邪魔をした」

そういって、部屋を出ようと立ち上がった。松次郎は、ちょっとお待ちください、といって奥から蛇の目を三本持ってきた。

「このようなときのために、用意をしております」

小弥太が受け取り、ひとりひとりに傘を手渡した。

源九郎は、ふむ、と一本手に取り、

「すまぬ」

珍しく、頭を下げた。

四

近江屋を出た源九郎は、蛇の目を差しながら下谷広小路方面に向かって進んでいった。本降りになった雨は、横から斜めから風の勢いに負けて降り注ぐ。

御成街道を若い娘たちが泥を気にしながら駆け抜けていく。荷馬車が水たまりを跳ね飛ばし、子どもはぬかるみに滑って転び、犬は吠えながら逃げていく。

そんななか、源九郎は悠々とした態度で歩いている。

「若さま……」

小弥太は、どこか訝《いぶか》しげである。

「なにか進展はありましたかねぇ」

「あったような、ないような」

「あれでよかったんでしょうか」

「細かいことは気にするな、といいたいが、細かいところが気になって仕方がないから、あのような訊き方をした」

「はて、それは？」

「あの松次郎の答えは、答えになっておらんではないか。第一、金蔵の鍵を渡したのに、一文も盗らぬという。そんな盗人がどこにおるか」

「たしかに、あの返答はあっしもおかしいと思いました」

「金が目的ではなく、なにかを探していたとしたら、どうだ？」

「といいますと？」

「小町小僧は、なにやら書付を探しているのではないか、と申したのは親分だ」

「あ……」

「つまり、襲われた蔵にはなにか隠してあったに違いない」

「ですが、そんなものはなかったとしたら？」

「あの顔は、なにかを盗まれた顔だ」

「観相家のようなことをいいます」

「まぁ顔より、答えにおかしなことがあったからそう推量したのだがな。鍵を渡したといっておいて、盗まれたものはないという。それに、黒子のある女を早く捕まえてくれ、ともいった」

「それがなにか？」

「仙太、使用人たちの話を小弥太親分に教えてやれ」

へぇ、と仙太は頷いた。

「住み込みのふたりに訊いたところ、押し込みがあったときには、物音で起きてみたら黒い頭巾をかぶった盗人らしきやつが入ってきて、いきなり縛られたということでした」

「あ……」

小弥太は、途中で仙太がはばかりに行くといったのは嘘で、密《ひそ》かに使用人から話を聞いていたのかと、源九郎の周到さに驚いている。

「黒子を見たのは、近江屋ではなく両国の小間物屋と親分から聞いていた。そこで、近江屋でも顔を見せていたのか、それを知りたかったのでな。松次郎はいきなり黒子のある盗人を探しだしてくれ、といったのがどうもしっくりこなかったのでな。仙太に内緒で訊き出してもらった」

「ご慧眼《けいがん》畏れ入ります」

「それほどでもないが、ちと細かいことを気にしたのだ」

ふふふ、と雨音に含み笑いが響いた。


翌日——。

お咲が調べに行った匂い袋の結果が出た。

それによると、近頃その匂い袋を買ったのは、三人いたという。だが、問題はここからだった。

ふたりは女だったが、もう一つは男が買っていった、というのである。それも小柄な優男だったが、顔は日に焼けて黒いほうだったらしい。

ほっかぶりをしていたので、顔ははっきり見えなかったという。

「それは、怪しいぞ」

ここは、ひかり屋の二階座敷。

源九郎と小弥太がお咲の話を聞いている。仙太は、商売に出ているのでいまはいない。

この二階座敷は、いまや源九郎専用の部屋になっていた。客は入れないとお咲が決めたらしい。

店の切り盛りは母親の友江《ともえ》が中心なのだが、なさぬ仲なので腹を割った会話はしない、とお咲が一度呟いたことがある。

なにやら仔細がありそうだが、面倒なことには首を突っ込む気はないと、源九郎はそれ以上は訊かずにいるのだった。

「匂い袋を買った男は色黒で小柄だったのだな?」

「そのようです。もっと詳しく訊きたかったのですが、あまり顔は見られたくなかったようだったので、おおかたあまり人に知られたくない女に贈るのだろう、と気にもしてなかったそうです」

なるほど、と源九郎は得心しながらも、

「小柄で色黒……」

どこかで聞いたことがある、と呟く。

「奥山の大道芸人ではありませんか？　独楽回しをしているとか」

「ふむ」

にやりと源九郎は、いいことを思い出したという顔つきをする。

「近江屋に来ていた行商人の女の人相を聞いたであろう？」

「はい……」

「あのとき、近江屋も薬売り女の特徴を、日焼けしてたと話してはいなかったかな？」

「そういわれてみれば」

「どうだ？」

「なにがです？」

そう訊いてから、小弥太は、あっと声を上げた。

「ふたりの特徴はそっくりです。ということは……」

「気がついたか」

「ふたりは、兄妹でしょうか」

源九郎はのけぞり、お咲はぷっとふきだした。

「江戸の男たちは面白うて悲しいのぉ」

お咲は、なにを言い出すのか、という目で源九郎を見つめ、あぁ、と頷いた。

「わかりました。もし、過去になにも出ず、しかもまったく近江屋に問題がなかったら、すべてを私のせいにするつもりなんですね」

「なにをいうか。そんなふざけたことを若い娘に押し付けるような私と思うか？」

「はい」

「うむ、お咲ちゃんはきちんと人を見る目があるのだな」

「ああいえば、こういう。どんな若さまなのでしょうねぇ」

その言葉に源九郎はぐいと顔をお咲に近づけて、

「こんな私だが、いかがかな？」

お咲は、ぷいと横を見、立ち上がると、

「おっかさんが本所の若さまとは、絶対に近づいてはいけない、と口を酸《す》っぱくしていいつのっていますが、その理由がわかりました」

「はて。それはなんだ？」

「ご自分の胸によくお訊きください」

大袈裟に胸に手を当てて、源九郎はひっくり返りながら、

「まったくわからぬ。どうだ、小弥太親分はわかるか？」

「では、近江屋の過去調べにいきますので、これでごめんこうむります」

問いには答えず部屋から出て行ってしまった。ふたりが部屋から消えた後には、わっはは、と大きな笑い声が響いている。

五

翌日──。

昼頃、眠そうにひかり屋に源九郎がやってきて部屋を数日借りたいのだが、と頼み込んだ。屋敷からいちいちここまで来るのが面倒だ、というのである。

いつもの二階座敷は源九郎を中心に使えるようにしていたから、それほど問題はないと思えたのだが、継母の友江が大反対をしたのである。

友江は、実母の妹だ。

実の母は波《なみ》といい、お咲を産んだ後の肥立ちがよくなく、亡くなっていた。そこで妹の友江がこの店とお咲の養育を引き継ぐことになったのである。

母の波は、きれいな人だったらしい。

それまで、このひかり屋をひとりで差配していたのだが、ある日、父の名も教えず急死してしまった。

父のことはお咲はいまだに聞かされていない。友江に訊いたことがあったのだが、

「知らなくてもいいのです」

そういって、まるで汚い話でもするような顔をされてしまった。裏になにか隠されているのではないか、と成長したお咲は考えたのだが、それを知るすべはいまはない。

なにしろ、当時の使用人もすべて友江が引き継いだときに、暇《ひま》を出されてしまったのである。

父と母にはなにか秘密がある、と思うのは当然のことだろう。

しかし、それと源九郎に一部屋貸す話はまったく関わりはないはず。それをけんもほろろに断りなさいとは……。

「ほう……」

泣きながら話すお咲に、源九郎は言葉がない。普段ならなにかいって、茶化すのだろうが、

「そのうち、両親の秘密を一緒に探ってみよう」

そう答えるしかなかった。

友江は泊まらなければそれで構わないと譲歩してくれたのであったが、

「あの若さまは、本所のかたでしょう。深入りはしないように、それが条件です」

しっかりと釘《くぎ》を刺されたのである。

「母親としては、若い男と娘が仲良くなるのが気になるのは、当然のことだ。わかってやらねばならんなぁ」

源九郎はあまり気にしてない。

「そんなことより、大事なのは小弥太の助けになるかどうかだ。そちらに気持ちを切り替えようではないかいな？」

「はい」


そんな会話をしているところに、小弥太がやってきた。

「いろいろわかりました」

まだ本格的な春には間があり、ようやく梅が終わりを迎えた頃合いというのに、手拭いで汗を拭っている。

どんな相手にもていねいな口の利き方をして、冷静な小弥太だが、今日はどこか慌てている様子だった。

普段はあまり見せない十手を取り出して、手をポンポンと叩きながら、

「近江屋松次郎というのはかなりの食わせ物のようです」

「ほう。烏賊《いか》もの食いか」

「………」

ふふふ、と悪戯顔で源九郎は先を促している。

「また、引っ掛けられましたか。なかなか源九郎さま、いや若さまの冗談といいますか、戯言といいますか、いい加減な物言いといいますか……」

「ずいぶん並べる」

「はい。いやまぁ、本題にいきますが、近江屋は、どこの生まれであの店を開く元金をどこから持ってきたのか、まったくわかっていません」

「ふむ」

「いきなり出てきて、あの店をぽんと買ったのが、いまから六年前。以前、あの店は炭屋だったようですが、あまり羽振りはよくなかったので、だれかに土地も一緒に売りたいと話していたという噂でした」

「それをぽんと?」

「はい、ぽんと」

「文字どおりたぬき親父か……」

片手を上げてその冗談を振り払うような仕草をしてから、小弥太は続けた。

「江戸者ではないだろうというのが、近所の噂だったそうです。あの店を始めた頃はどこか剣呑な目つきだったといいます。いまは、そんな顔はすっかり潜んでしまったという話ですがねぇ」

「といって、仏顔になったわけでもあるまい？」

言葉に応じて、小弥太は頷いた。

「これで、いろいろ断片が揃ってきたぞ」

源九郎は小弥太とお咲を見つめて、なにやらぶつぶついいながら、そうか、待てよ、ならば、ふむやはり……などと自問自答している。

「よし、もうひとつの断片を探りに行くとしようか」

「その心は？」

ふたりともにじり寄って源九郎のそばに近づいて、興味深そうにする。

源九郎は懐手をすると、

「いや、待てよ。あっちが先か、こっちが先か。まぁ、細かいことを気にすると禿げるでなぁ……ならば近い方からだ」

さぁ、行くぞと立ち上がったが、小弥太にしても、お咲にしてもあっけにとられるだけである。

そんなふたりの思惑など知ったものか、と、

「それいけぇ」

まるで馬に乗って先陣を切るがごとくの格好で、疾風《しっぷう》のごとく部屋から出て行ってしまった。


江戸は雛《ひな》祭りが近づき、うきうきした女の子や、着飾った娘たちが談笑しながら、奥山に出ている店を冷やかして歩く姿がそちこちで見られた。

これぞとばかりに稼ぎどきになるのは、人形屋が並ぶ日本橋十軒店《にほんばしじっけんだな》だが、ここ浅草奥山も負けてはいない。

なかには、筵を敷いた上に手作りのお雛様を飾って、それを売り物にする物売りもいて、段飾りの雛人形が百花繚乱《りょうらん》である。

人数が出ているので、大道芸人たちも張り切っているのだろう、いつもより声が大きい。

蝦蟇の油売などは、

「いつもより、多めに斬っておりますぞぉ！」

などと呼声をかけながら、一枚が二枚、二枚が四枚、四枚が八枚……と薄紙を使って刀の斬れ具合を見せているが、源九郎にかかったら、

「なに、あんなものは刃引きしていても斬れる」

ばっさりである。

「でも、後から腕を斬ると、血が出ていますが」

仙太が不服そうにいうと、

「あれは斬る瞬間、刃に紅を塗ってまるで切れているように見せているだけだ」

これもばっさり。

「では、血が止まるのは？」

「紅を拭いているだけだ」

またまたばっさり。

聞いている仙太だけではなく、小弥太までが四角い顔をさらに四角くして、そんなものかと呟いているのだから、江戸の人はお人好しである。

そんな大道芸人が並んでいるところに、例の独楽回しがいた。これはいつもと変わりなく、観客を仲間に引き入れながら口上を述べている。

今日の衣装は、黒紋付袴に白鉢巻。真っ白な足袋はだし。

その格好で、あれよあれよと、独楽を自在に操る姿は、

「あの人、粋だねぇ」

丸髷に挿した簪を揺らす町娘が、ついそんな言葉を吐きたくなるのもわかろうというものだった。

「いましたね……」

仙太が呟くと、小弥太が足を止めた。

「どうした？」

訝しげに小弥太が、仙太に問うと、

「いえ、たいしたことはねぇんですが」

仙太は、あの野郎の目が前より剣呑になっている、と呟いた。

そんなことがわかるのか、と小弥太が問うと、

「魚は目で活《い》きの良さを見るんでさぁ」

「人は違うだろう」

「ですから、まぁ、気のせいかと」

そこに源九郎は、それはいいところを見ている、と呟いた。

横から見ると、少し面長で額も広く、鼻筋も通った顔は気品を感じさせる。だからなのか、小弥太も仙太も悪ふざけをされても、あまり文句もいわない。不思議な才があると認めているからである。

独楽回しを前にして、源九郎はさてどうするか、と続けた。

「これを使いましょうか？」

十手を隠した懐をポンポンと二度叩いた小弥太に、

「いや、正面からいこう」

源九郎は、すたすたと独楽回しの前にでた。

独楽回しは邪魔をされたらかなわないといいたそうな目つきである。

「いや、今日はちと用事があってきた」

客には聞こえないように、小声である。

「なんです？　いま演舞中なんです」

「それはわかっておる。いますぐではない。あとで、話をしたいのだ」

「はて、それはどのような」

「話せばわかる」

「いまここではいけないのでしょうか？」

「よいのか？　小町小僧……」

独楽回しは、じっと源九郎の目を睨んで、ふぅっと息を吐いた。なにかを諦めた顔つきだった。

「いいでしょう、どちらへ」

「四半刻（約三十分）後、浅茅《あさじ》が原《はら》天神池の前」

「……承知いたしました。伺いましょう」

「待っておるぞ」

「…………」

後ろ姿の独楽回しからは、肩の力が抜けていたが、ふと振り返って客たちの前に顔を見せたときには、いつもの元気が戻っていた。

「さぁ、お立ち会い……これからこの独楽が刀の上を……」

六

四半刻後の天神池前。

戦いの前には雨か風が吹くと相場は決まっているように、風が雲を呼ぶか雨を呼ぶか……。

雨ともいえない、霧とも呼べないような細かな水滴が落ち始めていた。

刻限は、酉《とり》（午後六時）の刻。

この辺りはほとんど人通りはない。

空には白い月が出て、水色の空と白い雲の間を流れていくように見えた。

「月が見えますから、雨はすぐ上がるでしょう」

十手を手で揉みながら、小弥太が空を見上げている。

そうこうしているうちに、風が出てきて雲を払いはじめた。大きな雨雲があったわけではない。

空はさぁっと青く澄み始める。

「おかしな天気ですねぇ」

「舞台は役者に合わせて作られる」

源九郎が呟いた。それを聞いた小弥太は、

「ということは、この空は舞台。役者、つまりここでいえば源九郎の若さまですから、若さまがおかしいのですね」

とまじめな顔で返した。

「む……親分でもそのような戯言をいうのであるな」

「……はて、冗談ではありません。本当のことをいったまでですが？」

四角い小弥太らしい答えに、仙太は腹を抱えている。

「野郎、来ますかねぇ」

腹がいてぇといいながら、仙太が問う。

「来るしかないであろうな。まぁ、自分でも正体がばれてしまったと思ったら、本来なら逃げるのだろうが、あの者は来る」

「女の勘ですかい？」

「私の勘だ」

「来る理由はなんですかいねぇ」

「小町小僧になったのには裏があるように思える。それを訊きたいのだ。もっといえば、あの者はそれを知られたいと願っている」

「それは、おそらく復讐《ふくしゅう》ですね」

仙太が断言した。

「その心はなんだ」

「へぇ、魚屋の勘です」

大きな黒松の古木の陰にある切り株に身を潜めるように、源九郎は座った。仙太が、見張り役である。

古ぼけた天神社の鳥居が赤く見えていて、すぐそばに池があった。水でも飲みに来ているのか、数羽の鳥がぱたぱたと下りて、器用に歩いて縁まで進んでいる。

そんな光景をしばらく眺めていると、

「来ました」

仙太が手を振り合図を送った。

切り株から立ち上がった源九郎の目に、独楽回しが大道芸人の格好で歩いてくる姿が見えた。

しだいに近くなり、池の前で足を止めた。

源九郎も近づき、ふたりは対峙した。池の魚がぱちんと跳ねた。枯れた春を待つ草が独楽回しの足にまとわりついている。

「お約束どおり来ましたよ。さて、どうしますか？」

「小町小僧はお前だな？」

「ならばどういたします？」

「否定せぬな。さて、いかがしようか。まずは、盗人になったいきさつでも訊いてみたいが」

「………」

ふたりの緊張を解くように、池の前にまた鳥が一羽飛んできた。水辺をつんつんと歩きまわっている。

人をまったく怖がっていないらしい。小町小僧は黒い羽が水に濡れて、濡羽色が生まれる様をじっと見ていたが、

「私は、下総《しもうさ》木更津《きさらづ》の生まれ……」

静かに話し始めた。

木更津は漁業の町。親は網元をしていたという。生業《なりわい》としてうまくいっていたのだが、十五歳のとき近所に三人の強盗が入った。

網子の家に火をつけられた。驚いて飛び出したときに、家に忍び込まれたのである。

父親は逃げる三人のうちのひとりと遭遇し、もみ合いになり怪我《けが》をさせられ、家を焼かれてしまった。持っていた網が少なくなり、網子たちとの仲が険悪になった。仕事がうまく進まなくなったのである。

網元を続けていくことができなくなり、両親は木更津から船橋《ふなばし》に出て再起を図ったが、知らぬ土地のためうまくいかない。元金も少なくなり、最後は失意のうちに亡くなった。

十五歳の子どもは強盗が父親と揉み合っているところをしっかり見ていた。相手の腕に痣《あざ》があった。

両親が亡くなった十九歳のとき江戸に出た。大道芸人の親方に拾われて芸を磨いた。主に習ったのが独楽回しだった。

府内ではなく、始めはあちこちの祭礼が開かれる場所を移動する生活だったが、親方がなくなり、江戸に出ることにした。

それから三年。

いつか親の仇を討ちたいと考えるようになった。あのとき、父親の庄右衛門《しようえもん》が大事にしていた茶の湯で使う唐《とう》から渡ってきた綺羅《きら》という名の小さな茶碗も盗まれていた。

腕に痣があり綺羅を持っている者が父親の仇、と小町小僧は、小柄な体を活用して女に化けていたのである……。

話し終わった独楽回しは、ここまで喋ってしまったのだから逃げる気はない、とその場にぺたりと腰を落とした。

「どうも、あんたには勝てそうもない。一緒にいるのは、二つ目の親分でしょう。煮るなり焼くなりなんなりとしてくれ」

目をつぶった独楽回しは、潔《いさぎよ》さを見せた。

小町小僧が探しているのは、書付という推量だったが、実は名のある茶碗であった。

「それで、結果はどうなったのだ。仇は見つかったのか」

「茶碗は見つけた……近江屋にあった」

「それで金子を盗まなかったのだな。そうしたほうが、町方に届けるかどうかで強盗のひとりかどうかがわかる」

「もし盗人に入られたと届けたとしたら、茶碗の件も話すだろう。だが、あの茶碗の因縁を知っていたら、町方には届けないと考えた……」

「そうだろうなぁ、それは正解であったのだろうな」

近江屋は、なにも盗まれたものはないと答えていた。茶碗の件を公にしたくなかったからだろう。

後ろに小弥太が寄ってきて、縄を打とうとしたのを、源九郎はしばし待て、と止める。

怪訝な目をする小弥太に、源九郎は耳打ちをした。驚き顔をすると、

「それは、いけません。こやつは盗人です。いま自分で小町小僧と白状しました。大目に見ろなどと、それは聞けません」

「おや？　白状した？　私は聞いておらぬのだがなぁ。聞いたのは身の上話だ。なに、これからもっと大物を捕まえるのだから細かいことは気にせぬでもよろしい。それともなにか？　親分は親を思う子の心がわからぬと申すのか？　だとしたらこれから親分とは付き合うことはできぬようになる」

いうことがめちゃくちゃである。

なりゆきを見ている独楽回しに、源九郎は名前を聞いた。

「正太《しょうた》といいます」

「ほれみなさい。名は体を表す。正直者なのだよ、この男は」

そういって正太に独楽を渡せと手を出した。どうするのか、という目で正太は懐から直径三寸と一寸の独楽を取り出し源九郎に渡した。

「よし、この独楽にお前の無念をはらさせてやろう」

「それなら、ご一緒に」

「馬鹿者。無茶をいうな」

どっちが無茶なものだろうか、と小弥太は目や鼻に皺を作るしかなかった。

七

その日の四更――。

春まだ遠い江戸の町をひたひたと速歩で進む三つの影があった。

ふたつは黒覆面に黒裁着袴という黒装束。だが、もうひとりは黒っぽい格好はしているが、着流しである。

月は空にあり、下谷の町は眠っている。犬、猫、ねずみ一匹通らぬ道を三人は近江屋の前で足を止めた。

「さて、いかがするか」

声は源九郎である。

「私は……」

「おう、よいよい。いくらなんでも御用聞きに盗人のまね事をさせるわけにはいかぬからなぁ」

源九郎は、仙太と一緒にこれから近江屋に忍びこむつもりなのである。

「松次郎を追い込んで、外に出たところを捕縛したらそれでよい」

「承知いたしましてございます」

「……親分はときどき、わけのわからぬ武家言葉を使うが?」

「あ、これは別に意味はありません。長屋のとなりに住んでいたご浪人さんと懇意《こんい》にしていたので」

「であるか」

大して重要でもないと思ったのだろう、あっさりと源九郎は話をぶった切ると、

「仙ちゃん、行くぞ」

「はい……あっしがまた先に」

「いや、そうではない。これから少し騒ぐから驚かずにいろ」

そういうと、源九郎は大戸の閉まっている近江屋のそばに行き、潜戸の前でしゃがんだと思ったら、どんどんと戸を叩き始めた。

「近江屋さん、近江屋さん、近江屋さん、大変です。盗人です!」

自分で正体を明かしてしまった。小弥太と仙太は目を丸くしている。

「近江屋さん、近江屋さん！　大変です。盗人ですよぉ！　ご注意くださいとのことですよぉ！」

何度も続けているうちに、がたがたと誰かが起きてくる音がして、潜戸が開いた。

そのときだった、

「盗人だぁ！」

どんと戸を蹴飛ばして、なかに入り込んだのである。

仙太は思わず動きが鈍ったが、小弥太に行ってきやす、と挨拶すると源九郎に続いて飛び込んだ。

十三歳くらいの小僧がぶるぶると震えている。源九郎は小さな声で、松次郎はどこにいるか、と問う。

「あっち、奥、奥」

目がきょろきょろして、いかにも怖がっている様子を見て不憫《ふびん》に思ったか、

「心配するな。命は取らぬ」

こくんと首を振りながら、ご主人様も起きてこちらに来る、と答えた。

土間には水瓶が置かれていた。火事などに備えているのだろう。つとそばにいって、ひしゃくで一杯掬《すく》って飲んだ。

盗人が自分で盗人と叫んで潜り込んでくるなど、前代未聞である。

まさかと近江屋も思ったらしい。寝巻き姿でうろんな表情で出てきた。

「あのぉ、盗人とは？」

「やぁ、松次郎か。本当の盗人はお前だ」

土間から上がり框《かまち》に足を引っ掛けて、手を伸ばし指を向けるという芝居じみた格好で、源九郎が叫んだ。

なんのことか、と答える松次郎に、

「おっと、てめぇ、こんなときまでしらばっくれるのかい？　お天道さんがてめぇのすべての悪行を知っているんだぜい。木更津の押し込みを忘れたかい」

「あ、あなたは」

「おれか？　おれはなぁ」

さぁっと黒装束を脱ぎ捨てると、その下は目にも鮮かな白羽二重に日輪のなかを飛ぶ白鳥図。

「さぁ、この顔しっかり拝みやがれ！」

「あ、あなたさまは」

「聞いて驚くな。姓は日之本、名は源九郎。人呼んで、本所の若さま、あるときは……いやもういいか。とにかくこの世の悪を退治する懲らしめ屋だぁ！」

大見得を切る源九郎を、仙太は呆れ顔で見ていたが、ふと悪戯心が芽生えたらしい。

「おっと、こっちに控えているのは、その一の子分、魚屋仙太。人呼んでさかせんたぁ、おれのこったぁ！」

もうなにがなにやら、どうなっているのか、近江屋松次郎は目を丸くしているだけである。

それでも元は盗人。そのままでは名折れになるとでも思ったか、くそ！　と叫んで逃げ出そうとする。

「おっと、待った。そうはさせぬ！」

芝居じみた台詞から元に戻った源九郎が、ひょいと後ろに回った。奥に逃げる道を塞がれた松次郎は、表に飛び出そうとする。

「松次郎、正太の恨み、これで受けよ！」

投げた独楽が、すぅっと空を飛び松次郎の後頭部にぶつかった。

ごつんという音がして、松次郎がふらふらになりながら表に出ると、

「ここが地獄の格子戸だ！」

小弥太まで芝居じみた言葉を発して、振り下ろした十手の餌食《えじき》になったのである。

例によって、ひかり屋の二階座敷。

近江屋が捕縛されてから二日経ち、今日は雛祭り。

この座敷にも五段飾りの雛壇が飾られ、華やかな雰囲気に包まれている。源九郎は江戸の男雛は向かって左側だが、京では、その逆である。それは御所の伝統にならったもので、左のほうが位が高いからだ、左近の桜、右近の橘《たちばな》を知っているか、などとさっきから、蘊蓄《うんちく》を垂れている。

「御所の紫宸殿《ししんでん》は南向きに建てられておるからな、お上から見て日が昇るのは左、つまり東が左になるようにとの……」

「あのぉ」

仙太が、口を挟んだ。源九郎はまだ途中だといいたそうな顔で、

「なんだ、さかせん」

「げ……それはもうご勘弁。あのときはつい、口がそのぉ、どうにものせられてしまいまして、へぇ、困った、どうしましょう」

「なにをごちゃごちゃと」

お咲は小弥太から話を聞いていたのだろう、にやにやしながら、

「さかせんさんにもっと詳しくそのときのことを教えてもらいたいですわねぇ」

からかいながら、菱餅《ひしもち》を配っている。

「勘弁してくださいよ。あぁ、そうだ。そういえば正太はどうなったんです？」

小弥太がこほんと咳払いをしながら、

「あの者は、どこかに逃げた。いや、江戸から離れたということにしておこう。小町小僧は娘。あの者は男。しかも小町小僧の鼻横には黒子があったはずですが、正太にはなかった」

「おう、小弥太親分はよい男だ」

ぱちぱちと手を叩く源九郎に、

「なにをおっしゃいますか」

照れる小弥太が、近江屋を捕縛できたことで、木更津の事件にかかわった仲間もおっつけ足がつくだろうと言った。

「近江屋の話によりますと、自分はあのとき盗んだ金で商売を始めたけど、ほかのふたりは、味をしめてあちこちで盗賊暮らしをしているそうです」

「いまでも付き合いがあると？」

「はい。そういってました。仲間を売るのは忍びないが、罪一等を減じてもらうためにはしょうがないと」

「これで、小弥太親分も大弥太に変えたほうがよろしいな」

がっははは、と笑う源九郎に、名前は変えません、とまじめに答えると、

「親分、あんないい加減な言葉を真に受けてはいけませんよ」

口に手を当てたお咲が、おほほと笑う。

お咲のこのような物言いがあっても、源九郎はにこにこしているだけなのを見て、

「若さまは、お咲さんには甘くありませんかい？」

口を尖らせた仙太が、不服半分冗談半分という顔をする。

「あぁ、なにしろお咲ちゃんはどうにも妹のように見えて仕方ないのでなぁ」

「それは、私に色気がないということですか？」

「ふむ。そうともいう」

またしても、わっははは と馬鹿笑い。

「どうだ、いまから花見にでも行こうか」

「まだ桜は咲いていません」

「ほい、ならばこれでも見よ」

懐から出したのは、小さな独楽。直径一寸程度の独楽を手をひねりながら、ぐるんと投げると、独楽はくるくると掌の上で回り始めた。

一緒に顔を回しながら、源九郎はひとりで喜んでいる。

「やんや、やんや。どうだ、これで東両国に立てるではないか？」

「独楽は正月に遊ぶめでたいものですからねぇ。そう考えると若さまには、もってこいかもしれませんね」

「なに？」

「だって、おめでたい……」

小弥太が吹き出し、仙太は引っくり返り、お咲はおほほ、と口に手を当てて、

「いつまでも回っていて、おめでとうございます！」

第三話　許婚《いいなずけ》

一

江戸の春は謎だらけである。

澄んだ青空が沈んだ気分でもひっくり返してくれると思えば、突風は気分を害させる。

長屋から提重《さげじゅう》を抱えた連中が、鼻歌交じりに通りを練り歩いていく。

泣いた子どもが、母親に追いかけられ、猫は魚を咥《くわ》えて逃げる。

喧嘩《けんか》っ早い職人同士は、茶屋のなかで看板娘を取り合い、髪結床では姿のいい男に髪結女がうっとりとした目で月代《さかやき》を剃《そ》っている。

江戸は面白い。

遠くに筑波山の山並みがうっすら見え、西には富士山の雪が気持ち少なくなっているように見えた。

もう少し近場に目を向けると、大川の流れが銀色に光っていた。

浅草界隈の墨堤は桜が満開だろう。

江戸は春爛漫《らんまん》なのである。

いつの間にか、ひかり屋の二階は、源九郎が居候する場所となっていた。お咲の継母、友江はあまりいい顔をしていないらしいが、

「なに、細かいことは気にするな」

源九郎はいいたいことをいって、居座ってしまったのである。お咲はうれしそうにしているが、むしろ気にしているのは、小弥太だった。

小弥太は、お咲よりも友江との仲のほうが長い。岡っ引きはお店で困ったことが生まれたときに解決の便宜《べんぎ》を図って町人の信頼を得る。

二つ目の小弥太親分は人柄がいいので、人気も高く信頼も篤《あつ》い。

以前、ごろつきから料理に文句をつけられて困っているとき助けてもらったことがある。そのときのことを恩に着ている友江なのだ。

したがって友江と小弥太のつながりは、お咲よりも長く強い。

ぼんやりと窓から外を見ていると、

「若さま、どうしたんです?」

お咲が盆にお茶を入れた茶碗を運んできた。

「なんだ、般若湯《はんにゃとう》ではないのか」

「真っ昼間からなんです。そんなことだから、本所の若さまは変人、奇人、胡麻《ごま》の蠅《はえ》

といわれているんですよ」

「そんなことをいわれているのか」

「私がいまいいました」

「む……」

「花見にでも行きませんか？」

誘う声に答えるがごとく、とんとんと階段を登る音が聞こえて、

「お久しぶりでございます。小弥太でございます」

真四角な挨拶《あいさつ》で小弥太が入ってきた。

「親分の頭のなかは、鉄製の豆腐のようであろうなぁ」

「なんでございましょう」

「いや、気にするな。で、なにか事件か？」

「そんなに年中人さらいや、仇討ちがあったら困ります」

「それもそうであるなぁ」

だが、退屈だといいたそうな源九郎である。

あわぁぁ、と大きくあくびをしたのを見て、

「では、どこぞに事件を探しにまいりましょうか」

小弥太が誘った。

「見廻りか」

「そんなようなものですが、お願いがあります」

「なんだ」

「わざわざ事件をつくるようなことだけはご勘弁願います」

「そんなことができるわけあるまい」

脇息《きょうそく》を引き寄せて苦笑する源九郎に、お咲は若さまならやりかねませんからねぇ、
と小弥太の気持ちを代弁した。

小弥太は、至って真面目な顔で、うんうんと頷《うなず》いている。

「だが、春は事件が多いのではないか？」

「はて、なぜです？」

「春になると草木の芽が出る。花が咲く。娘たちがきれいになる。鳥は歌い、犬は吠え、猫は縁側で丸くなる。みな、うきうきするからだ。そうすると、頭のいかれた者が少なからず出てくる。なかには、両国広小路辺りを歩いている見目のいい娘の尻を斬りつけるような者が出てくるのではないか」

「そうなのですか？」

「いや、だからそうなのではないか、とこちらが訊いておるのだ」

「尻を斬りつける話はあまり聞いたことはありません」

「いや、そうではなく、比喩《ひゆ》だ」

「はぁ」

「もうよい。親分にはかなわぬ」

「では、行きますか」

源九郎の話を聞いているのか、聞いていないのか。

お咲は例によって、顔を伏せて手を口に当てて、ふふふと笑っている。

江戸の春、ひかり屋の二階——。


本所相生町のひかり屋を出ると、さぁっと光が店に射していた。その光景を見た源九郎が、

「なるほど、ひかり屋の意味はこれだ」

そばにいた小弥太も、うんうんと頷いた。

天から降る光に区別はないはずだが、どこか爽《さわ》やかに感じるのは、なんだろうと考えながら、源九郎は店から遠ざかる。

本所界隈の表店は間口も広く、大店が並んでいる。そんななか、裏通りにありながらひかり屋だけが日差しを受けているような印象なのだ。

小弥太は、源九郎が珍しく静かにしているので、不思議そうな顔で少し後ろを歩いている。

ときどき、近所の店から、よぉ！　二つ目！　などと声が飛んでくるのは、この辺りをなわばりにしているからだろう。忌み嫌われる御用聞きとしては珍しい。

「親分は人気があるな」

「お恥ずかしいことで……」

真面目な顔で返答したので、源九郎はわっははは、と大声で笑った。小弥太は鼻に皺を寄せるだけだ。

「ところで、この道は富岡《とみおか》八幡宮へ向かってますが」

「たまには、信心するのもよいと思うて」

「それは、それは」

うれしいのか、それともなにも感じていないのか、よくわからない小弥太に、源九郎は苦笑しながら、

「親分のおかみさんは、どのような人かな？」

「はぁ……普通の女でございますが」

少し照れて答えた。

「ほう、普通とはどのような」

「まぁ、朝飯を作ってくれて、店を切り盛りしてくれて、夜はあっしが戻るのを待っていてくれます」

「なるほど。それが普通か」

「はい」

「生きるということは、ごく普通が一番むずかしいものだな」

「はぁ……」

なにがいいたい、と訊きたそうな小弥太の顔だった。

一ツ目橋を渡ってから大川端を歩いて永代橋《えいたい》の筋に出た。熊井町《くまい》の手前で折れた先、まっすぐ延びた通りには、赤い一の鳥居が見え、それをくぐって二の鳥居に出ると、富岡八幡宮である。

季節は春。

富岡八幡宮前を歩く棒手振りも、柔らかな風を感じているのだろうか、歩調はうきうきしているように感じられる。さらに元気なのは買い物をする娘たちだ。お目当ての店が目に入ると、きゃっきゃと言いながら、駆け寄っている。

この辺りも活気があるなぁ、と源九郎は呟《つぶや》きながら、三十三間堂《さんじゅうさんげんどう》のほうに向かって八幡様を通り過ぎてから、ふと足を止めた。小さな茶屋が目に入ったからだった。

店のなかは、数人がけの床机《しょうぎ》が二本、縦に平行に並んでいて、左右に一本ずつあった。

相手をする女は二十歳は過ぎているのではないか。

「あそこで休もう」

すたすたと店にはいった。店が狭いので小弥太は、外で待ってるという。緒にという源九郎に小弥太は、固辞したまま外でしゃがんで煙草《たばこ》を吸い出した。掏摸《すり》でも見つけようというのかもしれない。

ぼんやりしたまま座ろうとしない源九郎に、女がにこにこしながら近づいてきて、

「こちらへどうぞ」

右横の床机が空いている、と案内する。

「すまぬ」

侍のなかにはやたらと威張っている者もいるが、それとは異なり、すっきりと伸びた背筋や、色白などから、育ちの良さは隠せない。

「いえいえ、ごゆるりとしてくださいね」

にこやかに、答えた。

じっと座ったままなにも注文をせずに、あちこちを見回しているだけの源九郎に、女は麦湯を運んできた。若草色の小袖に、朱色の前垂れ姿。店のなかで働いているわりには、肌は浅黒く日に焼けていかにも、元気な様子が見て取れた。

「こちらは初めてですね」

「私は、どこに行っても初めてなのだ」

「いつもはどこで？」

「住まいは本所である。あぁ、ここのところは、相生町だがそれは仮の住まいで本当は……どちらでもよいか……だが、遊びの根城はないから、これから探そうかと思っていたところだ。いまから、この店をそうしよう。いや、ここで寝るわけではないから、根城というのはおかしい。ならば、なんといえばよいか……ふむ、わからぬ」

女は変わった侍だと思ったらしい。けらけらと笑い出した。

「おかしいか」

「楽しいお侍さまですねぇ」

おほほ、と手を口に当てて、女は笑い続けている。

「名は？」

笑い顔をじっと見つめながら、源九郎が訊いた。

「あら、失礼いたしました。喜代《きよ》ともうします。お見知りおきを」

「覚えた」

「それは、ご光栄でございますわ」

「私もだ」

喜代は、笑ったまま源九郎のとなりに腰を落とした。いかにも興味がある、という目つきで、

「お侍さまは、生まれも江戸のかたですか？」

「まぁ、そんなようなものだが。あまり江戸の町には詳しくはない」

「そのようですねぇ」

「わかるか」

「はい。その物腰は、どこぞのご身分ある若さまとお見受けいたしました」

「ほう」

「否定はなさいませんのですね」

「そうしてほしければ、違うというぞ」

「いえいえ、そのままでよろしいと思います」

「そうか」

源九郎は、喜代との会話が楽しくなった。

「お喜代さんは、江戸の生まれかな」

「ご府内ではありません。葛飾《かつしか》村でございます」

「ふむ。行ったことはないが美人を輩出するところらしい」

「まぁ、それはどうも。でも、田んぼと畑だけの場所です」

「喜代さんほどの人が生まれたところだ。いいところに違いない」

そのことばに、喜代はまた笑いながら、

「それは新手の口説《くど》き文句ですこと」

「口説いたわけではない。本当にそう思ったからいったまでのこと」

「失礼ですが、お名前を」

「姓は日之本、名は源九郎。人呼んで……まだよいか」

なにをいってるのやら。

喜代は改めて名乗った源九郎の顔を見つめる。

きりりとした目から鼻にかけて、すっきりした流れるようなつくりは、知性があふれているように見えた。

そのわりには、世間ずれしていないところをみると、やはり、身分のある家柄なのだろう。

喜代は、またじっくりと源九郎の顔を見つめる。

すっきりした横顔、高い鼻に赤い唇。白柄の二刀をたばさんでいる姿は、その辺りの乱暴侍や自分に懸想《けそう》をしていい寄ってくる浪人、江戸勤番、職人たちとは一線を画しているようだった。

あまりにも喜代の凝視が長いので、

「なにかついておるかな」

はん？　という顔で源九郎が訊いた。

「いえ、そうではありませんが、お侍さまは、不思議なかただと思いまして……」

「そうか」

「はい、不思議です」

ふと目を伏せてから、体を少し源九郎に寄せた。

「お願いがあります」

「金はない」

「……違いますよ。助けていただけませんか」

「誰をだな」

「私です。じつは、いま困ったことが起きていまして」

「話を聞こうか」

「聞いてくださいますか？」

「喜代さんの頼みなら」

「うれしいことをいってくれますねぇ」

二

喜代が話したのは、次のようなことだった。

店を始めたのは、いまから三年前。

町田屋《まちだ》という店から、百両の金子《きんす》を借りて、開店したという。町田屋章右衛門《しようえもん》は両替商や金貸し、小間物の店など手広く商いをやっている男で、今年、三十五歳。親の代から店は続き、章右衛門の代になってから、あちこちに手を拡げるようになった。

商売は順調で、これからますます別種の店も開いていきたいと考えているらしい。

近ごろひとつだけ、自分に足りないものがある、といいだした。

それが、女房だった。

目をつけられたのが喜代である。

客商売も如才なく、手堅く人気を保ちながら売上を伸ばしている。貸した金銭もきちんと返済している手腕を気に入ったらしい。

もちろん、女房にほしいと思う要因は、それだけではない。

喜代の器量に惚《ほ》れているのは、誰の目にも明らかであった。

しかし、当の喜代はその気がない。しかも、知らないところで、開いたばかりの店を建て替えて、新しい店を作る図面まで引かれているようだ。腹が立ってたまらないという。

さらに、章右衛門は、葛飾に住む喜代の母親にまで手を回したというのである。

母親のお路《みち》から文がきた。内容は、章右衛門からお前をほしいといってきているから承諾しなさい、というものだった。

祝言《しゅうげん》を挙げたら百両は、返済をしなくてもすむだろう、ともいってきた。

お金は働いて返すことができるから心配はいらない、と返事をすると、ほかに言い交わした男でもいるのかと訊かれた。

面倒だから、そうだと答えたというのである。

そこまで、一気に喋《しゃべ》って、喜代はため息を吐《つ》いた。

「本当はいないのです」

「それは困ったな」

「そこで、お願いなのです」

「……まさか」

「はい、そのまさかです」

「無理だ」

「どうしてです？　いっときだけ、私の思い人になっていただけたらいいのです」

喜代は、もうすぐ母親が葛飾から出てくるので、そのときに会ってくれないか、というのだった。

「私は侍だ」

「そんなことはどうでもいいんです。隠れた旦那だとでもいいますから」

「隠れた、とは金でつながっている男という意味だな？」

「そんなに、はっきりいわなくても。どうせ、嘘なのですから」

「ううむ」

　さすがの源九郎も、腕を組んで目をつぶってしまった。

「お願いですから、助けてください」

　喜代は必死である。源九郎の手を摑《つか》んで、離そうとしない。じっとりとした掌の汗が、源九郎の手に伝わってくる。その汗を感じた瞬間、源九郎のこめかみが雷に打たれたようにはじけた。

「いいだろう」

　思わず、呟いていたのである。

「本当ですか?」

「う、ううむ」

「助けてくれるのですね」

「仕方あるまい」

　乗りかかった船であった。

「もっと詳しく聞こう」

　体を喜代に近づけた。

　お互いの吐く息を感じるほど、近づいたふたりは、はっとする。慌てて、喜代が先

に後ろへ下がりながら、

「では、お助けいただけると信じます」

「ふむ」

ひょんなことから、おかしな話に首を突っ込んでしまったものだ、と源九郎は内心、呟きながら、喜代の母親が江戸府内に出てくる日程や、それに対する章右衛門の思惑などを聞いている……。


話を聞き終わった源九郎が店の外に出ると、うろうろしている小弥太が寄ってきた。

「なにを真剣に話をしていたんです」

「ひかり屋で話そう」

いつもと異なり、真剣な目つきで答えた源九郎に、小弥太は怪訝《けげん》な顔をする。

ひかり屋の例の座敷に入ると、仙太が来て待っていた。小弥太から、なにやら若さまは難しい揉《も》め事を引き受けてしまったらしいと聞いて、

「ははぁ、若さま行くところ、事件ありですねぇ」

そういって笑いながら、

「今度は殺しですか、それとも強盗、あるいは、詐欺《さぎ》に騙《かた》りに車に轢《ひ》かれて死んじゃった、という話でもありますかい？」

「よく喋るなぁ」

呆れ顔をする小弥太に、仙太はこれがいわば魚を売る極意です、と得意顔をした。

「で、どんな揉め事なんです？」

ふむ、と脇息を引き寄せて、源九郎が静かに語りだすと、最初はじっとしていた仙太だったが、

「これは面白《おもしれ》ぇや」

最後は腹をよじっていた。

「まさか、若さまがその許嫁《いいなずけ》に？」

「おかしいか」

「腹の皮がよじれてたまりませんや」

「しかし、約束してしまった。だがどうしたらいいのか、よくわからぬ」

「まぁ、せいぜい楽しんでください」

「冷たいではないか」

「あっしが頼まれたわけじゃありません」

それはそうだろうが、といいながら源九郎は小弥太の顔を見て、

「章右衛門という男がどんな人間か、それを知りたい。本気で喜代さんに心を寄せているのかどうか。なにか、ほかに目的があるのではないかどうか。それを探索するのだ」

「ははぁ」

仙太はまだ、得心はいかないという目つきで、

「まさか……？」

「なに？」

「喜代さんに惚れたということはありませんよねぇ」

「馬鹿なことをいうでない」

「それならいいんですけどね。茶屋女などに惚れちゃだめですぜ」

「なぜだ」

「決まってるじゃねぇですか。あの連中は男を騙すのが商売です」

「では、お前もときどき騙されているのだな」

その言葉に、仙太はうっと詰まった。

「まぁ、そんなようなものです」

「では、私も騙されよう」

大きく息を吐きだして、源九郎はわっはっは、といきなり笑い出した。

「な、なんです突然」

「困ったときには、笑うのだ。これでなんとか気分が明るくなるぞ」

「…………」

小弥太も仙太も、お咲がいなくてよかった、と心で呟いている。

「とにかく、ふたりには町田屋とはどんな男で、どんな店なのかを調べてもらいたい」

「若さまは、どうしますんで？」

自分では探索しないのか、と問う仙太に、

「ふむ、あとで喜代さんが訪ねてくるのだ。自分が惚れた人がどんなところに居候しているのか、それを知りたいと申してな」

顔がヘラヘラし始めた。困った顔をしていたのは、ここに女が来るからなのか、と小弥太と仙太は顔を見合わせる。仙太は、訳知り顔になり、

「そうですよねぇ」

といいながら、じっと源九郎を見つめる。

「なんだ、その顔は」

「源九郎さんが、女に頼まれごとされたからといって、悩むとは考えられねぇ、という話です」

「これはしたり……私とて苦手はあるぞ……いや、ないか、あん？　あるなぁ、そうだ、あれが……」

では、行ってきますと小弥太と仙太は畳を蹴立てて、部屋から出て行った。

三

仙太は天秤棒を担ぎながら、三十三間堂の辺りを歩いていた。小弥太は見廻りのついでに奉行所に行って章右衛門について不審なところがあるかどうか、調べてみようというので分かれた。

仙太は町田屋の周辺の聞き込みをしようというのである。

町方でもない仙太が聞き込みをするためには、商売で歩いているついでという感じを出したほうがやりやすい。

盤台は担いでいるが、なかは空だ。源九郎と一緒に江戸の町を歩くときは、商売は諦めている。

川岸で水遊びをしようとしている子どもたちに、大人たちが気をつけろ、と叫ぶ声が聞こえている。

仙太は汐見橋《しおみ》の欄干《らんかん》に体を凭《もた》れさせた。そこから、数人の客がたむろしている町田屋が見えていた。

帳場までは見ることはできないが、出てくる客の姿からは、それほど悪どい商売をしているようには見えない。

町田屋は両替商と同時に、金貸し業にも手を出している。だが取り立てが厳しいとか、主人があこぎだ、というような悪口は聞いたことはなかった。

もっとも、悪い奴は表面は善人ぶっていると相場が決まっている。

それは草双紙から仕入れた裏話だから、江戸の町にそのまま通じるということではないだろう。

間口は六間あるが右と左にわけられていて、右が両替商で左側が金貸しである。

となりの家具屋を買い取って、そこに質屋を作ろうと画策しているという話をここに来る途中で橋番の親父から聞くことができた。喜代と祝言を挙げたらその下に茶屋を手に入れることになるだろう。喜代との縁談はそれが目的なのではないか、と仙太は推量する。

「でなけりゃ、百両を返さなくてもいい、などと甘い言葉で口説くわけがねぇ」

どうにも気に入らねぇ、と仙太は呟く。

身代はあるのだろうが、両替やら金貸しをやりながら、まだ質屋をやろうとする。手を拡げ過ぎではないのか？　なにかほかに目的でもあるのではないか、とぶつぶついいながら仙太は腕を組んで町田屋の店先を見つめる。

大きな藍色《あいいろ》をした暖簾《のれん》が風にはためいている姿は、確かにそれだけの力があるように見えるがそれにしても急な話ではないか、と仙太は疑問がぬぐえない。

店の前で小僧が水やりを始めた。それを見て仙太は橋から降りた。

すぐ左手に立っている高札にちらりと目を向けて、さも暇そうに、ふらふらと小僧の前まで進んでいく。

周囲を見回しながら、水やりをしている小僧のそばに寄っていくと、

「なんです？」

十歳をいくつかは過ぎているだろうと思えるにきび面が、仙太を見つめた。

「魚はいらねぇかい？」

声をかけると、今度は水の入っている桶《おけ》を地面に置いて、立て掛けてあった箒《ほうき》を

手にしながら、

「そんなことは、女中頭に訊いたほうがよろしいでしょうよ」

「なるほど、じゃあ、ちょっと教えてくれねぇかい？」

「女中頭は、お鈴《りん》さんっていう人だよ」

「いや、そうじゃねぇんだ。この店のことでちょっと訊きてぇことがあってな」

「駄賃はくれるのかい？」

手を出して、にやりと笑う姿は、さすがに金貸し屋に奉公する小僧だ。小遣いをくれたら答えてやるという態度である。

仙太は、苦笑しながら、

「ほらよ」

と、巾着から五銭を取り出した。小僧は、すぐそれを取ろうとしたが、

「おっと、これは答えてくれてからだ」

そういって、手を引っ込めた。

「ち……わかりましたよ。どんなことを知りたいんです？」

「聞き分けがいいな」

一応、褒めておいてから、

「章右衛門さんという人はどんなご主人さまだい?」

「どうしてそんなことを?」

「別に他意はねぇ。じつはな、いま章右衛門さんに嫁取りの話があるのを聞いてるだろう?」

「あぁ、その話ですか」

「これは、誰にもいっちゃならねぇぜ」

「あん?」

「じつは、ある人に頼まれて、章右衛門さんがどんな人か訊いて回っているんだ。だが、あちこちで聞き込みをしていることがばれたらあまり縁談話によくない。それはまずいだろう?」

最後は同調を求めるように、小僧を見つめた。小僧は、こくりと頷く。

「だから、これは俺とおめぇのふたりだけの秘密ということにしてぇからな」

小僧は唾を飲み込みながら、うん、と答えた。さっきまでのこずるそうな表情は消えている。

「おめぇの名前は?」

「完八《かんぱち》」

「じゃ、完八……章右衛門さんはどんな人なんだい？」

「周りでは、いい人だっていわれてると思うけど……」

「実際はどうなんだい」

「あたしには、やさしいし、金を借りに来た人たちにも、これ以上貸しても返せないから、やめておくようにと諭《さと》したり、商売がうまくいかないときには、解決策を教えてあげたり、売上が上がるような案を出してあげたり、けっこういい人だと思う」

「裏で、取り立てにあぶねぇ野郎たちを使ったりということはねぇのかい？」

「取り立ては、そんなに厳しくないよ」

「なかには、長い間返さない客もいるだろう？」

「旦那さまは、そういう人には、原因を訊いて回っているんだ。返すことができないのは、なにか原因があるといって、それを解決する方法なども教えているんだよ」

完八は、素直な気持ちで答えているようだ。

嘘をついても、小僧に得はないから、本当にそう思っているのだろう。

もっと悪口が出るかと考えていたがあてが外れてしまい、仙太は、腕を組んで、溜息をつく。

「嘘だと思っているのかい？」

完八が上目遣いをしながら、心配そうだ。

「いや、そうじゃねぇよ。それだけの人なら、縁談にも傷はつかねぇな」

「もちろんだ」

「だが、喜代さんの店も自分のものにするんだろう?」

「自分の嫁さんになるんだから、別におかしくはねぇと思うよ。店を好きに使わせてくれというのも、祝言の約束に入っているという話だったし」

「なるほどな」

いわれてみたら、たしかにそうに違いない。本当に喜代に惚れていてたまたま店を手に入れようとしているだけなのだろうか? なにかあの店に因縁でもあるのではないか?

「あの茶屋で不思議なことを聞いたことはねぇかい?」

思い切って訊いてみた。

「不思議な話って?」

「まぁ、幽霊が出るとか、でなけりゃ、あそこに死体が眠っているとか」

完八は、呆れ顔で仙太を見て、

「そんな話、いままで一度も聞いたことはありませんよ」

「そうかい」

祝言をする前からあの店をいいように使いたいと、条件をくっつけていることが、どうしても仙太は気にいらないのだ。

「店のやりくりは、章右衛門さんがやってるのかい？」

「いえ、ほとんどは番頭さんですよ。仁三郎《にさぶろう》さんといって以前は人形屋で働いていたんですけどね。そこの主人と意見が合わずやめたという話でしたが、章右衛門さんとはうまがあったのでしょう、いろいろ任せられています。次々と案を出して両替商から金貸しと手を拡げ、さらにこれからは質店も出そうとしているんですから」

仁三郎はやり手らしい。


小僧と別れて、思案しながらひかり屋に戻ることにする。

早く戻ると喜代と顔を合わせてしまうかと思ったが、そんな遠慮はいらねぇ、と思い直す。それにどんな女なのか、確かめておこうという気持ちもある。

大川沿いを戻ろうとしていると、両国橋の欄干から仙太の名前を呼ぶ声が聞こえた。

「おーい、そこの日本一の魚屋さーん！　粋でいなせな魚屋さーん！」

「あ、な、源九郎の若さま？」

驚いてそっちに足を向けた。盤台が揺れてまた誰かの足に当たったが、杉之丞のときのように、喧嘩はふっかけなかった。

源九郎はなぜか欄干に凭れてぼんやりしていた。仙太はそばに駆け寄り、

「喜代さんどうしたんです？」

「そんなことより町田屋はどうであった」

その訊き方では、どうやら喜代は来られなくなったらしい。

「へぇ、まぁ、章右衛門という男は、それほどあこぎな野郎だという話は入って来ませんねぇ」

「ふむ」

「ただ、気になるのは、土地を章右衛門の自由にしていい、という条件をつけていることでして……その裏になにかあるんじゃねぇかと思うんですが」

「ありそうだな」

「でしょう？　小弥太さんのほうはどうですかねぇ」

「まぁ、なにかあったら伝えに来るだろう。それを待っても遅くはない」

「そうですかい。じゃ、これからどうしましょう」

突然、源九郎はあらぬ方向をさして、

「町田屋はこっちだな。行ってみる」

「章右衛門に会うんですかい？」

「金を借りてみよう」

「その格好で金を借りようといっても、あまり信用されないと思いますがねぇ」

絹の着物を着て金がないという話はおかしなものだ。普通なら着ているものを持って質屋に行くだろう。

だが、源九郎はそんなことは気にせず、すたすたと店に向かう。

小僧が出てきて、今度は店の前を掃き清めている。それをひょいと避けて、なかに踏み込んでいった。

仙太は、はらはらしながら後ろ姿を見るしかない。

四

店に入り込んだ源九郎は、帳場に座っている男に目を向けた。

赤ら顔で、でっぷり太った男が座っていた。見たところ章右衛門ではなさそうである。

「頼みがある」

「……なんです？　ここに来る人たちは、たいてい頼みがありますからねぇ」

「金を借りたい」

「ここは金貸しですから、わざわざいわなくても」

「……おぬしは誰だ」

「ここの番頭の、仁三郎といいますが……」

横柄な態度の源九郎にも、顔色ひとつ変えない。

「いくらご入用ですか？」

ずばりと訊かれて、はて、と源九郎は呟いてから、

「五百両、いや、千両だ」

その金額では自分ひとりでは決められない、と仁三郎は章右衛門を呼びに行った。

話を聞いた章右衛門は、首を傾げる。

どこぞの家中から来たとしたら、五百両や千両という話ではないはずである。もっと、大きな数字を出すのではないか、と考えたが、

「まぁ、話を聞いてみましょう」

章右衛門は仁三郎を連れて源九郎の前に座り、この店の主、章右衛門だと名乗って、目を合わせた。

「ほう」

源九郎の口からは、これは二枚目だ、と思わず声が出た。

章右衛門は、にこりともせずに、

「仁三郎からお聞きしましたが、千両ご用意をということですが」

「……すまぬ」

「はい」

かすかに頭を下げた源九郎に、章右衛門はこれは騙りではないのか、という目つきをする。

用人などは表から店には入ってこない。しかるべく人を立てたり、屋敷へ招待しながら、借金の話をするのが常だったからである。

だが目の前の侍は、章右衛門の予測を超えた言葉を吐いた。

「二千両にしたほうがよいのだな？」

「あの……」

「なんだ」

「本当にご利用になるのでございましょうか?」

「いかぬか」

「いえ、いけないことはありませんが……」

「では、やめた」

「はい?」

「いまの話は、ないものと思え」

「あのぉ……」

この侍は、頭が少しおかしいのではないか? 章右衛門の目はそう語っている。

「ところで、喜代を知っておるな」

「あのぉ、それはどういう意味でございましょうか?」

「なに、ちと訊いたまで」

「はぁ……」

どう応対したらいいのか、章右衛門と仁三郎は、お互いの目を交わし合うだけだ。

源九郎はまっすぐに章右衛門と仁三郎を見つめる。

喜代の名を聞いて慌てているのは章右衛門より、むしろ、番頭の仁三郎のほうに見えた。源九郎は、しばらくふたりを見比べていたが、

「ふむ。邪魔をした」

突然踵《きびす》を返して、店の外に出てしまった。

店の横で待っていた仙太が手で合図をすると、気がついた源九郎が歩み寄った。

「どうでした？」

仙太の問いに、源九郎はふむと頷き、

「不思議だ」

「へぇ……なにが不思議なんです？」

「章右衛門は正直な男だった」

「さいですかい……では、祝言で店を手に入れようとするのも、他意はないということになりますねぇ」

「だが、裏は必ずある」

「正直者でもですかい？」

「この世には、陰と陽がある」

「はぁ」

「例えば、男と女。勝ちと負け、上と下。固いと柔らかい。右と左。天と地……まだ続けるか？」

「けっこうでございます。その陰と陽が章右衛門とどのような関わりがあるんですかねぇ?」

「正直と嘘つきだ」

「ははぁ……正直だけではなく、嘘つきの性格が隠れている、ということですね」

「飲み込みが早いな」

「誰でもわかりますよ」

「そうでもないのだが、まぁよい」

仙太は話を変える。

「ところで、さっき小弥太さんがそこの自身番に入っていきましたよ」

「行ってみよう」

小弥太は、自身番の中で汗を拭き麦湯を飲んでいる。まだ見廻りが終わったわけではないと、小弥太は、立ち上がりながら、

「まだ奉行所には行ってませんので、調べものはしてませんが」

そこまでいうと、源九郎たちがここにいる理由が気になったようだ。

「どうしてここへ?」

「町田屋に行ってきた」

「あの店になにか不審なことがありましたんで？」

「それをいまから探す」

源九郎が答えると、小弥太はさきほど言い忘れましたが、と咳払いをして、

「私も、町田屋が商売の手を急激に拡げていくので、少し気になり、以前裏事情を探ってみたんですがね。番頭の仁三郎というのがやり手のようです。店を手広くやろうとしたのも、仁三郎の勧めだったようです」

「ほう」

金を借りたいという申し出をしたとき、まったく動じなかった仁三郎の赤ら顔を思い出した源九郎は、さもあらんという顔つきだ。

「喜代の店を手に入れようと章右衛門に勧めたのも、仁三郎という話でした」

その言葉に、仙太も小僧の完八から聞いた話と同じだと頷きながら、

「そうなると、章右衛門は本当に喜代さんに惚れているだけということになりますかねぇ」

源九郎は小首を傾げて、

「それにしても、やり手の番頭とはいえ章右衛門と喜代の祝言もまだはっきりしておらぬのに、喜代の店を利用した図面を先に作ったというのは気が早いとは思わぬか」

「いわれてみたら確かに……」

小弥太が頷き、仙太も同調した。

「そういえば喜代の店のとなりは、誰が住んでいたかな？」

「御家人ですが。それがなにか？」

「ちょっと気になることがある。いまから訪ねてみよう」

「気になることとは？」

「それを確かめたいのだ。小弥太は近所の自身番から名前などを仕入れてきてほしい」

歩き出した源九郎に、小弥太と仙太はまたひとり合点か、と目を合わせるしかなかった。

五

喜代の店の前を通ったが、表から見ている限り姿はなかった。本来なら、源九郎と会っているはずだが、それを反故《ほご》にしてさらに、店も留守ということは、よほど大事な用事ができたのだろうか。

「若さま……」

仙太が声をかける。

「なんだ。喜代のことは聞くな」

「いえ、違いますさぁ。小弥太さんが、いま自身番で隣の御家人のことを訊きに行ってます」

「それは重畳《ちょうじょう》」

そうこうしている間に、小弥太が追いつき、

「自身番で確かめると、御家人の名前は岩村条之助《いわむらじょうのすけ》といいます。奥方はお牧《まき》さまといいまして、商家の出とか」

「ほう」

「さらに奥様と、条之助との仲はあまりいい方とはいえない、という町役の話でしたねぇ」

小普請《こぶしん》組の岩村は以前から賭場《とば》通いが好きで、借金を抱えているとも町役は語り、お牧には、暴力まで振るっているという。

腫《は》れた顔をした姿を周りの者は見ているという話である。

「元町人の奥方だとしても殴っていいという道理はねぇなぁ」

憤る仙太に、小弥太は頷きながらも、

「お牧さまの実家は人形屋だったそうですが、いまは潰《つぶ》れて両親も亡くなっているので、助けを求める場所はありません。夫の暴力から逃れるとしたら駆け込み寺くらいでしょう」

源九郎は、腕を組んで思案ふうだったが、

「ついてまいれ」

そういって、すたすたと歩き出した。目的は喜代の店らしい。

「今日の会合を振られた腹いせでもするんじゃありませんかい？」

仙太が笑いながらいうと、源九郎はじろりと睨んだだけだった。

店に入ると、小女を捕まえて、

「私は、喜代の許嫁であるが、ちと話を聞きたい」

とても、話を聞きたい、という態度ではないが喜代さんの許嫁ですかと首を傾げながらも、まるぽちゃの女は、なんでしょうかとていねいに腰を落とした。

「いま、となりの岩村条之助はいるかな？」

「……さぁ、さきほど店の前を通っていきましたよ」

「では、訊く。となりの奥方もときどき出かけているのであろうな？」

「はい、確か、仕立てのお仕事をなさっていると思います」

「なるほど、話をしたことはあるかな」

「まともにお話をしたことはありませんが……」

ふと、眉《まゆ》を曇《くも》らせて、

「そういえば一度お客さんから聞かされたことがあります。お牧さまは町田屋さんの番頭さんと仲がいいのではないか、と。そのお客さんは万治《まんじ》さんといって、すぐその長屋で大工さんをやっているかたです」

すぐ小弥太が訊いた。

「なるほど、それで？」

「万治さんの話ですと、あまり大きな声ではいえませんが、仁三郎さんとお牧さまが、花川戸《はなかわど》の出会い茶屋を出てくるのを見た、ということで」

「ううむ。それはまたとんでもない話が出てきたぞ……」

また、源九郎のひとりごとが始まり、店の前をうろうろと行ったり来たりしていると思ったら、

「わかった」

いきなり、小さく叫んだ。

「なにがです?」

仙太が問うと、

「いろんなからくりだ」

「からくり?」

「ついてまいれ」

また、源九郎は町田屋の方向へ戻り始めた。

小弥太と仙太は、早足になって追いかけた。


町田屋につくと、源九郎はすぐ章右衛門を呼んで、喜代のことを本気で嫁にしたいと考えているかと詰問《きつもん》した。

章右衛門はもちろんです、と顔を赤くする。

「ならば、そのようにしてしんぜよう」

仙太を呼ぶと、耳打ちをする。

「へぇ? あぁ、そうだったんですかい。それはそれは」

話が聞こえない小弥太と章右衛門は仙太の言葉の意味がわからない。

「よけいなことはいいから、早く行け!」

「合点!」

どこに行くのか、仙太は駆け出すとあっという間に、姿を消した。

「さて、章右衛門。私がお前の気持ちを成就させてやるから、感謝せよ」

それほど胸を張らずともよいのではないか、というほど胸を張る。

「はい? あなたさまが?」

「大船に乗ったつもりでおればよい」

「はぁ……」

五百両を貸せといって現れた男が、今度は悶っ引きと魚屋を引き連れて戻り、喜代に対する気持ちを確かめたと思ったら、今度は祝言を挙げさせてやるから、大船に乗ったつもりでいろ、という。

この浪人ともなんともいえぬ侍の言動に、どう答えていいのか章右衛門は、目を白黒させるだけだった。

源九郎は続けた。

「仁三郎は可哀想だな」

「はて、どういうことでしょう?」

「気がつかなかったのか」

「いっこうに」

「経緯はこうだ……」

源九郎は、章右衛門の顔をじっと見つめる。

「喜代さんの店を急いで町田屋のものにしようとしたのは、章右衛門ではなく、仁三郎の案だと聞いた」

そこで、章右衛門は頷きながら、

「今後、質屋を始めるとき、質草を預かる蔵が必要になります。喜代さんの店の土地の一部を使えたら助かるのではないか、という話でした。私よりも、仁三郎のほうが、商才はありますから、まかせていたのです」

「それはそうだろうが、ちと違うな」

「はて……」

章右衛門は、意味が取れずにいる。

「聞くところによると、仁三郎と、御家人岩村条之助の奥方とは、以前はかなり懇意《こんい》にしていたらしいではないか」

「幼なじみと聞いております」

「それを、岩村がかすめ取った」

「まぁ、そんな陰口を叩く者もおります」

「さらに、祝言は挙げたものの、岩村とお牧との仲は冷えている」

「岩村さまとはお付き合いはさせていただいておりませんので、その真偽のほどはは
かりかねます」

「そこでお牧は、仁三郎に相談をしたのではないか。そうして焼けぼっくいに火がつ
いてしまったのだ」

章右衛門だけではなく、小弥太もさもありなん、という目つきになった。

「それは、どこでおわかりになるのでしょう」

「家の普請だ」

「質屋の図面のことでしょうか？」

「そのとおり」

「たしかに仁三郎にしては、ずいぶんと気が急《せ》いているとは思いましたが」

「それはお牧を救うためだ。急がざるを得ない」

「はて……お牧さまを救うとは？」

章右衛門は、なにがなんだかわからない、という目つきで源九郎を見た。あまりに
意外な話で言葉が出てこないらしい。

小弥太もすっきりしない顔をしている。

源九郎は、

「男と女は狂ったら、なにをするかわからぬからな。近松門左衛門《ちかまつもんざえもん》も著《あらわ》しているではないか」

といった。

「しかし、あれは浄瑠璃《じようるり》ですから」

「人の心がよく表れている」

そんな台詞《せりふ》が源九郎から出るとは驚きだ。小弥太は、目を見開きながら、

「仁三郎が裏で章右衛門を操っていた、というわけですか……」

「ふむ。質屋の図面にはなにかがあるのだ。それを岩村条之助に知られると困る。だから土地もろとも町田屋のものにしなければいけない、なにか理由が隠されているはずだ。そうでなければ平仄《ひようそく》が合わぬ」

自信顔をする源九郎に、

「仁三郎に話を聞いてみたいと思いますが、ようするに、ひとりの女に惚れた男が暴走しただけですよねぇ」

小弥太はつまらなそうな声音《こわね》である。

「仁三郎を捕縛する理由にはならない上に、手柄とは遠い話ですからねぇ」

仁三郎が裏で画策をしていたのではないか、といわれて、章右衛門は呆然《ぼうぜん》としている。いままで信じてきた片腕が、自分を騙《だま》そうとしたと知って、何かが崩れているのかもしれない。

「章右衛門……そんな顔をするな。たまたま仁三郎とお牧という隠れた仲にまた火がついただけのことだ。悪いのは女房を泣かす男ではないか。仁三郎はそれを助けようとしただけだ」

「はぁ、よく意味がわかりません」

「まぁなぁ……仁三郎が人殺しをしたとか、盗みをやったとか、悪事を働いたわけではない。そうなると、私の出番がなくて、あまり面白みはないのだが……」

「はい？」

「よい、気にするな」

「しかし」

「わからぬかなぁ。細かいことを気にするな、というておる」

「おや、禿げるとはいわないのですか？」

小弥太が珍しくまぜっかえした。仙太が乗り移ったようないいかただ。

だが、章右衛門は判断ができなくなっているようだった。

「そんな顔をしてねぇで、早く、仁三郎を呼んで来てくれませんかねぇ」

小弥太が促すと、はっとした章右衛門は、さっき戻ってきたようだったがといいながら奥に引っ込んでいった。

小弥太がすかさず、後ろから追いかける。


帳場は狭すぎて、全員が座ることはできない。

章右衛門は、奥に行きましょうと誘った。

奥座敷に着くと、床の間を後ろにして源九郎が座った。

部屋は透かし彫りの欄間《らんま》などがあり、なかなか凝《こ》った造りになっていた。違い棚の上に乗っている小さな茶碗は、織部《おりべ》だろう。床の間の後ろには、掛け軸があり、小弥太は見ても読めない。漢詩らしい。

贅《ぜい》を凝らすというよりは、しっとりとした落ち着いた部屋だった。

座ろうとすると、外のほうで、なにか起きたのか、がたがたと大きな音がした。

小僧の叫ぶ声が聞こえた。

通りで喧嘩でも始まったのかもしれない。小弥太が覗いてきましょう、と立ち上が

りかけたところに、

「動くな！」

顔を真っ赤にした侍が、抜き身を引っ提げたまま、部屋に飛び込んできた。後から、真っ青になった女が、やめて！　と叫びながら追いかけてくる。

六

岩村条之助と、お牧のふたりらしい。

小弥太は、条之助とお牧らしきふたりの前に体を投げ出して、

「乱暴はよくありませんや」

そういって、十手を取り出した。

「ふん、そんなものが通用すると思っているのか」

「岩村条之助さんと、お牧さまですね」

小弥太が訊くと、そうだ、という返事が戻ってきた。

「そんなだんびらを家のなかで振り回すのは、やめていただけませんかねぇ」

「町方の出る幕ではない」

「そうはいきませんや。こちらは町人ですからね。それを守るのはあっしの役目です」

肚が座っているから、迫力があった。

そんな小弥太を見て、岩村も少しは冷静さを取り戻したらしい。ふぅと肩の力を抜いて、

「お前が仁三郎だな」

その問には答えず、仁三郎は岩村の陰に寄り添っているお牧をじっと見つめている。

「侍をこけにするとは、許さん！」

怒り狂った侍を前にしても、仁三郎は動じそうにない。その態度に岩村はまた怒りがこみ上げてきたらしい。下に向けていた刀を、上段に構えようとする。

「待て待て」

小弥太の後ろから、のんびりと源九郎が声をかけた。

岩村はなんだという顔で源九郎を見つめると、怪訝そうな目で、何者だ、と呟いた。

すっきりと背筋が伸びている。どこぞの家中とも見えない。まして、旗本とも思え

ぬ佇《たたず》まいに、振り上げそうになった刀を下ろしながら、

「邪魔は無用」

荒い呼吸をしながら、源九郎を見つめた。

「邪魔をするつもりはない。部屋のなかで刀を振るうのはやめたほうがよろしい。それに、町人相手ではないか」

のんびりした受け答えに、岩村の気持ちも一度落ち着き始めたかと思ったのだが、

「やかましい！　人の女房に懸想《けそう》するとは何事。しかも、仁三郎という男は町人だ！　切り捨ててやるのだ」

「私が相手になろう」

「なに？」

「仁三郎の後見人なのだ」

「なにをふざけたことを」

「いたって真面目である」

暖簾に腕押しの源九郎の態度に、岩村の気持ちはますます怒りの度合を増していく。

睨みをきかせながら、外へ出ろ！　と叫んで先に部屋を出た。

通りは、のんびりした昼下がりである。

青い空は相変わらずだったが、雲に光が遮《さえぎ》られ、一瞬暗くなった。源九郎をそれを見て、

「光は消えた」

「だから、どうした」

「おぬしの光も消えた、ということだ」

ふん、と岩村は鼻で笑って、ずっと下げて持っていた刀を振りかざし、上段に構えた。源九郎が刀を抜いていないのを見て、早くしろ、と叫んだ。しかし、源九郎はのんびりしたままである。

「まぁ、そう慌てるな」

「なに？」

「表に出たのは、話を聞くためだ。相談に乗ろうではないか」

「ふざけるな。不義を働かれたのだ、話し合いなどする余地はない」

「しかし、それはおぬしが奥方をないがしろにしたからではないのか？」

そこに小弥太が口を挟んだ。

「岩村さん……あんた、夜な夜な賭場に出かけて、大きな借金を作っているらしいじ

やありませんか」

「それと、不義となんの関わりがあるのだ」

「ときどき、奥方に暴力を振るっている、という話も漏れ聞いております」

小弥太の言葉は、岩村を黙らせたが、それも一瞬の間だった。

「やかましい！　くらえ！」

岩村は、小弥太に向かうと見せて、源九郎に打ちかかった。

おっと、といって源九郎は、かすかに体を傾け刃を躱《かわ》して、

「そんなへっぴり腰では、無理だな。やめておいたほうがよかろう」

岩村の顔は真っ赤に染まり、目は三角になり、口からは泡でも吹き出しそうな勢いである。それを源九郎は揶揄《やゆ》する。

「おぬしの顔はまるで、くさびが外れているようだな。それに、その動きは、歯車のはずれたからくり人形のようではないか」

「やかましい！」

叫びながら上段に構えて、源九郎めがけて突進する。

源九郎はすうっと横に逃げて、とんと肩を横から突いた。勢いのついた岩村は、それだけで前のめりになる。それでも振り返ると、鬼の形相《ぎょうそう》で思いっきり、突さを入

れてきた。

刀を抜いた源九郎は、それを横に払い、すうっと前に進むと、峰を返して上段から肩を打ち付けた。呻きながら岩村はその場にしゃがみ込む。

「控えよ!」

それほど大きな声ではなかったが、その威厳のある声音に、岩村は、はっとする。源九郎と目を合わせると、訝《いぶか》しげな態度を取りながらも、頭を下げた。まるで家臣が取るような仕種であった。

小弥太は、さすが若さま、と手を叩いた。

源九郎は、刀を納めながら戸口に進んだ。

章右衛門は、言葉もなく成り行きを見守っている。

源九郎は、仁三郎の前に立つと、

「計画はうまくいったかな?」

「……はい?」

仁三郎は、驚いた顔をしている。

「どうして質屋の図面を急がせたのだ……それには理由があると考えてみたのだがどうだ。お牧さんを助けたくて、こんな面倒なことを考えついたのであろう」

「…………」

今度はお牧に目を向ける。

「お牧さん。あんたは岩村の暴力から逃げたかったはずだ。だが、助けてくれる人はいない。実家もなければ親兄弟もおらぬのだからな」

「…………」

「そこで、幼なじみだった仁三郎に声をかけた。相談を受けた仁三郎は、一計を案じた……」

そこまで喋って源九郎は、ふぅと息を吐いた。

「まぁ、当て推量もここまでだが……」

仁三郎とお牧は目を合わせて、頷きあっている。どこか覚悟を決めたように見えた。

「お話しいたします」

かすかに頭を下げて、仁三郎が話しだした。

「お牧さんのことは、以前から心に思っておりました。ですが御家人の奥方になってしまってからは、忘れようとしていたのです。しかし、岩村条之助の暴力話をときどき聞くにつけ、身を切られるような思いをしていました」

ふむふむと源九郎は、頷いている。

「そこにお牧さんから助けを求められました。ここで、私はなんとか手助けをしたいと思案しました」

「そもそも、岩村とお牧さんが一緒になったのはなぜだ。お前たちは好き合っていたのではなかったのか？」

ふと仁三郎の目がお牧に向いた。喋ってもいいのか、と目で問うている。

「私から話します」

お牧が語りだしたのは次のようなことだった。

岩村は人形屋をやっているお牧の父親、周八郎《しゅうはちろう》に将軍家御用達《ごようたし》にしてやる、と声をかけた。条件としてお牧との祝言を要求したという。店に出ているお牧に惚れたという話であった。うんといってくれたら、うまく立ち回れるようにしてやる、とそそのかされたのである。

結局、その話はお牧を嫁にするための方便でしかなかった。

いつまで経っても御用達の話がないのを不審に思った周八郎が催促をすると、

「そうそう簡単にいくものではない」

のらりくらりと逃げ口上に加え、さらなる金銭を要求された。

あまりにも進展がないので、周八郎は出入りの鳶《とび》の頭に頼んで岩村の行動を調べてもらった。すると金はすべて賭場に流れていたというのである。

騙されたと気がついたときには、店の身上は潰れかかっていた。やがて遂に店は潰れ、周八郎と母親の民《たみ》は心労のために命を短くしてしまったというのである。

お牧の話が終わると、仁三郎はこの件だけでも岩村条之助は許しがたい男だと吐き捨てる。

なるほど、と源九郎は首を振りながら、

「つまり、お牧さんを助けること。そして岩村の悪行を暴けばお牧さんと一緒になれるだろうというのが目算であったのだな」

「いいえ、初めはお牧さんを救うことだけを考えておりました」

「ふむ」

「いつ岩村がこれまで以上の危険な行動を取り始めるかわかりませんでした。手打ちだ、と斬られでもしたら大変です。そこで旦那さまの気持ちを利用することを思いつきました」

「章右衛門が喜代に惚れている気持ちだな」

「はい。お喜代さんの店は岩村の屋敷の隣にあります。お牧さんが危険な目に遭いそうになったらすぐ逃げられる場所を確保してあげたい、と考えました」

それが質屋であった。

岩村家の裏木戸から逃げる場所がほしい。そこで隣の喜代の店を買い取り質屋にする。裏木戸から裏木戸へと走り、質屋の建物のなかに隠れることができる。

ぐずぐずしてはいられない。

お牧が斬られたり殴られて致命傷を負った後では遅い。

図面の作成を急がせたのは、それが理由だった。

しかし、肝心な章右衛門と喜代との祝言話はなかなか進展しなかった。

そこで仁三郎はまた一計を案じた。

差出人を章右衛門の名にして喜代の母親に文を出すことだった。

文の内容は、とにかく喜代に惚れている、絶対に嫌な思いはさせない、一生守る

……麗句をならべた。

喜代の母親は金持ちの章右衛門が自分の娘を嫁にもらってくれる。こんないいことはない、とすっかりその気になった。

ところが喜代はそのせいで、へそを曲げてしまったのである。章右衛門はなにを勝

手に母親にそんな話をしているのだ、と怒り始めたのだった。

さらに悪いことに、質屋の図面が喜代の気持ちを無視して作られたと知れる。おしゃべりな大工が漏らしてしまったからだ。

「そんなとき、謎のお侍さまが現れました……」

「あん？　それは私のことか？」

「いろいろほじくり返してくれて、ありがたいやら迷惑やら」

「ほい、これはしたり」

本人はまったく邪魔をしたつもりはない。

お牧は、なんとか自分を助けたいとあれこれ策を練り奔走してくれる仁三郎に心を寄せ始めた。初めは幼なじみであり、助けてくれたら嬉しいと思っていただけであったのだが、相談をしている間に岩村にふたりの仲を疑われてしまった。

もう仕方がない。

いっそのこと、そうなったほうが……。

「不義は串刺しになるのだぞ」

眉をひそめながら、源九郎が静かにいった。

「はい。覚悟の上のことでした」

もうどうなってもいいと思っているのだろう、お牧の顔はすっきりしている。すべてを吐き出したからかもしれない。

同じように仁三郎も、最初より晴れ晴れとした顔つきだった。

それほど、お牧に惚れている、ということか、と源九郎はじっと仁三郎を見つめる。

「私がいきなり金を貸せといっても、動じなかった度胸がこんなときに活《い》かされているらしい」

源九郎が呟くと、仁三郎はていねいに頭を下げた。

「これ、岩村条之助!」

肩の骨が折れているのだろうか、岩村は顔をしかめている。

「おぬしの行状、お目付に報告したらどうなるか、それは自分が一番知っておろう。ここは、すみやかに離縁したほうがよいな」

「…………」

「返答がないということは、得心したとみるがよいか」

唸り声が聞こえ、よし、と源九郎は呟く。

「お牧さん……これで、思いが叶ったぞ」

「ありがとうございます。仁三郎さんから計画を聞いたときには、そんなことでうまくいくだろうか、と思いました。いっそ駆け込み寺にでも逃げようかと思っていたのですが……この御恩、決して忘れません」

そばに寄り添っている仁三郎の手を取った。それを見て、章右衛門が仁三郎の隣に立ち、

「思いが叶いましたねぇ」

「へぇ……」

仁三郎とお牧は、泣きながら喜んでいる。だが、源九郎はなぜか浮かぬ顔つきだ。

「若さま、どうしたんです？」

「仲人役が気が重いのだ……」

「ご冗談でしょう。誰も頼んでいませんよ」

「冷たいではないか」

「世間の風は冷たいのです」

「ううむ」

そこに、喜代が源九郎の前に、小走りにやってきた。お咲も一緒だ。後ろに仙太がいた。さっきの耳打ちは、お咲と喜代を連れてこい、ということだったらしい。

喜代は、話しかけるきっかけを探していたようだった。

「母が出てきてしまいました」

「もう？」

源九郎は、かすかに眉根を寄せる。

「驚かせようとしたようです」

「なんと」

困り顔の源九郎を見て、小弥太が章右衛門を手招きした。ふらふらとした足取りで、章右衛門がそばに来ると、

「さぁ、章右衛門さん。ここで男になるんだ」

とんと尻を叩いた。

「え？」

「お喜代さんの母親はあんたが手紙を出したと思っているんだ。内容は知ってるでしょう、同じことを伝えたらいい。それも本気でだ。そうしたらお喜代さんにも思いが通じるかもしれねぇ」

「しかし」

「ぐずぐずしてるんじゃねぇよ」

背中を押して源九郎と目を合わせた。ふむ、と源九郎も応じて、

「お喜代さん、章右衛門、あとはよしなに！　小弥太！　うまくやる手伝いを頼んだぞ」

仙太とともに、源九郎はその場から駆け出した。

逃げる源九郎を見て、喜代は苦笑するしかなかった。といって、落胆している態度でもなかった。

章右衛門の隣に喜代が体を寄せる。

「章右衛門さん……店の土地が欲しいという話を聞いたときには、なにか裏があると思いました……そうではなかったのですね」

「はい……」

章右衛門は顔を伏せて、緊張しているように見える。

しばらく沈黙があったが、ふぅ、と喜代は大きく息を吐いてから、

「章右衛門さん」

「はい」

「……母が待っています」

「え？」

「許嫁を見たいと待っています」

「しかし」

「田舎者ですので、よろしく……」

「あ……」

章右衛門の顔は、驚きから喜びに大きく変化していった……。


逃げた源九郎と仙太は、大川端を駆け抜けながら、

「章右衛門はうまくできますかねぇ」

仙太が走りながら、叫ぶ。

「わからん、わからんがうまくいくはずだ。いかねば困る。あとでこっちにとばっちりがきても知らぬぞ。いや、小弥太がいるから大丈夫であろう」

相変わらず、勝手な言葉を羅列する。

「若さま……逃した魚は大きいっていいますよ。ですが、章右衛門はいま頃、大きな魚を釣るために、馬を射るってところですかねぇ」

「ふむ」

「なにかいいたいことはねぇんですかい?」

「あっちから、お咲ちゃんが追いかけてきた……」

仙太が遠目で先を見ると、たしかにお咲の姿である。

「それにしても、お咲さんとお喜代さんが以前からの顔なじみだったとは。あっしが着いたときは、なにやらお菓子を食べて大笑いしてましたぜ。だから途中で逃げ出してきたんですね」

振られたわけではなかったらしい。

「仙太、そこを曲がるのだ!」

「はい?」

「逃げるのだ!」

「でも、なぜ?」

「あれこれ馬鹿にされるのは面倒ではないか! 許嫁の偽物などやる器ではないとか、まぬけなことをやるに違いないとか、でも母親と会ったところを見たかったとかなんだかんだといわれるのは目に見えておる」

源九郎の足がいっそう速くなった。

春の陽光は、西に傾き始めて、路地に入り込んだ源九郎の背中を赤く染めていた。

第四話　上弦《じょうげん》の月

一

空が薄墨から赤に変わった。

西日かと思ったが、そうではなかった。

赤色の反物《たんもの》が一面に広がって風にそよいでいるために、空が薄く赤色に染まっているように見えたのだ。

ここは、初音《はつね》の馬場。

ぼんやりと芝生の上に腰をおろして、なにか思案顔をしているのは本所の若さま、源九郎と魚屋、仙太である。

「若さま……おねげぇがあります」

そういって本所相生町の料理屋、ひかり屋の二階座敷で仙太がしごくまじめな声をだしたのは三日前。仙太がまじめになれば、源九郎はかえって混ぜっ返すのが常なのだが、その日だけは、ふうん、と返答をしただけだった。

なぜなら源九郎は、風邪で調子が悪かったからである。

お咲からはそのほうが静かでいいなどと茶化されていたが、それでも熱はどうか、

喉《のど》はどうだといろいろかいがいしく面倒を見てくれている。寝込んでいるほどではないが、それでも、

「喉と頭と腰と目と……あちこちが痛い」

子どものようなことを言い続け、

「あぁ、もうとっととお屋敷にお帰りなさい！」

癇癪《かんしゃく》を起こしたお咲に叱《しか》られているのに、かえってえへらえへらしているのだった。

「若さま。そういえばお屋敷にはお帰りにならないので？」

仙太としてはたいした質問でない。ただ今日は天気が良いですねぇ、と同じ程度の問いなのだが、源九郎はそれすらも聞いていない。

「苦しい……」

「あちらには、だれかいい人でもいるんじゃやねぇんですかい？」

「熱が出そうだ」

「まぁ、こちらのほうが居心地がいいんでしょうが……」

「腹が減った」

「ところで、おねげぇの話ですが。無理ならいいです、帰りますから。熱が出てきた

ようじゃ、こんな面倒で難しい揉《も》め事、懲《こ》らしめ屋は休業でしょうから。いえ、いいんです、無理して若さまに出張《でば》ってもらわなくても。小弥太さんにでも相談しましょう。そうだ、そうだ、それがいい」

帰りかけたところ、源九郎はずりずりと体を滑《すべ》らせ手を伸ばして、仙太の足先を摑《つか》んだ。

「聞く……」

言葉を使うのがもったいないらしい。

「本当に聞いてくれますかい？　その熱で大丈夫でしょうかねぇ」

「ない」

熱はないといいたいらしい。

「……こんな話なんですがね」

「よし」

聞きたいらしい――。

初音の馬場近くの長屋に、米太郎《よねたろう》という男がいる。

この男は仙太と同じ魚屋なのだが、出自は侍という変わり種だった。まだ十九歳と若い。江戸に出てきたのはほんの数ヶ月前のことで、魚屋などいままで経験したことはない。

どうするか、と考えたところ、

「そうだ、だれかに弟子入りをしたらいいのではないか」

思いつきは良かったのだが、いざ弟子入りをするには、人を選ばなければいけない。だれでもいいというわけにはいかないだろう。なかには弟子入り料を払えとあこぎなことをいってくる者がいないとは限らない。

どこで探そうかと考え、日本橋の河岸《かし》に行こうと思いついたのはよかったが、一度行ってみて驚いた。あまりにも、大勢の魚屋が盤台を担いで行ったり来たりしているからだった。

江戸っ子のなかでも、魚屋はきっぷといなせが売りだ。

「これは、目まぐるしい」

声をかけようにも、誰も止まらないのだから話にならない。

河岸では明け六つ（午前六時）前に、入ってきた魚をせりにかける。その仲買にでも潜り込もうとして、

「こらぁ！　とーしろがこんなところでうろうろしているんじゃねぇ！　唐変木《とうへんぼく》め、

とっとと消えねぇと頭の皮剝《は》ぎとるぞ！」

ほうほうのていで逃げ出した。

しょうがないから米太郎は、町中で自分が弟子入りすることができそうな男を探した。

「そこに、あっしがね、へっへっへ、眼鏡《めがね》にかなったというわけでした」

「ふん」

「これだとあっしの自慢話になってしまうんですが、そうもいかねぇのが、いかのなんとやらでして、じつは米太郎はもっと恐ろしい裏話を持っていまして、これがなんともはや」

「化け物」

「いや、違います」

「不義密通」

「どうして、そんな怪しげなことばかりいいますかねぇ。そうじゃありませんや」

「凶状《きょうじょう》持ち」

「ですから違います……いや、近いかな」

「仇《かたき》」

「当たりました。いや、さすが若さま。ただ、これがどうにもくせぇ話でして」

話はこうだ。

米太郎の本名は米村賢二郎《よねむらけんじろう》といい美濃《みの》の国、山石伯耆守村恒《やまいしほうきのかみむらつね》の家臣、番方《ばんかた》支配四百石、米村片之助《かたのすけ》の次男である。

国許では、まだ部屋住みでうろうろしていたのだが、あるときある女に惚《ほ》れた。

その相手というのが、お納戸《なんど》方、秋谷藤右衛門《あきたにとうえもん》の娘、三津《みつ》。

三津を見たのは、城下の愛宕《あたご》神社に参拝をしたときのことだった。その日、賢二郎は、父親の代参として札を納めに行ったのである。

そこに、三津がいた。

本殿に静かに手を合わせる姿を見て、

「惚れた……」

一目惚れであった。

相手がどこの誰かも知らず、後ろ姿の清楚《せいそ》さに惚れてしまうというのも、相当なおっちょこちょいであるが、

「人は背中を見たらその人となりがわかるものである」

賢二郎は、そういって仙太を煙に巻いたという。

それはともかく。

惚れてしまったものは仕方がない。

雷にでも打たれたような気持ちになった賢二郎は、不躾《ぶしつけ》もかまわず名前を聞きにいった。

先に名乗ると相手は驚き、

「米村賢二郎さまといえば、米村佐一郎《さいちろう》さまの弟御ですか?」

「はい、そうです。佐一郎は兄です」

「まぁ……」

驚いた目が少し気になったが、そんなことはいまはどうでもよい。とにかく、どこのどちら様でしょうか、と問い続けると、ようやく、

「お納戸方、秋谷藤右衛門の娘、三津でございます」

頭を下げて教えてくれたのだが、

「私には、許嫁《いいなずけ》がおります」

顔を伏せながら、小さな声を落として、三津はその場から離れていった。

相手に許嫁がいようが、そんなことはどうでもよかった。とにかくもう一度、顔を見るだけでもうれしい、とばかりに賢二郎は幼友だちと会っていても、

「今日は、これで失礼する」

付き合いが悪くなったと同胞たちからいわれ始めたが、そんなことはまったく気にしない。

どこに行くのかと問われても、まさか三津の顔を見に行くのだ、とはいえず、

「なに、ちとな」

そう答え続けていたのだが、これがいけなかった。

――米村の息子が、秋谷の娘に懸想《けそう》をしているらしい。

と噂《うわさ》が立ち始めたのである。

賢二郎は、顔を見たいと思ってうろついているだけなのだが、世間はそんな見方をするのである。

そして、事件は起きた。

二

美濃といえば、戦国の古《いにしえ》からまむしの道三《どうさん》やら、織田信長《おだのぶなが》が治めた地として知られる。それだけに、勇猛果敢《ゆうもうかかん》な侍が集まっていると思えるのだが、

「いま、この平穏なときに、そんな侍などおらぬ」

父親の片之助は常に口癖のように嘆いていた。

ところが、賢二郎には剣の才があったと見えて、五歳の頃から始めた剣術がいまでは一刀流《いっとう》の使い手と城下では知られるようになっていた。だからといって、すぐにお役に就けるほど甘くはなかった。

部屋住みの分際で女に懸想などして、と周囲から非難の声があがるようになったのである。

とうの秋谷家では、そんな余計な話が世間に伝わってしまう前にと思ったのか、祝言を早めることになった。

三津の許嫁は、勘定方《かんじょう》筆頭支配、土井千太夫《どいせんだゆう》の長男、土井宗太郎《そうたろう》であった。

周りから見ても宗太郎は凡庸《ぼんよう》な男で、将来出世などできぬのではないか、と思われ

ていたのだが、土井家の力がものをいったのであった。

秋谷家は、納戸方。格、石高ともに土井家のほうが数段上である。

一説には宗太郎が懸想したからだ、といわれていた。

問題は宗太郎の弟、均二郎《きんじろう》だった。宗太郎とはまったく気質が異なり乱暴者として通り、しかも剣術は賢二郎と道場で一、二番を争うほどだったのである。

これが厄介《やっかい》なのであった。

「兄の許嫁に懸想するとはなにごとか！」

道場で稽古をするときには、必ず賢二郎に立ち合いを要求する。

勝った負けたという戦いなのだが、負けると、

「この泥棒猫め！」

罵倒《ばとう》を繰り返す。

「おれはなにもしておらぬ」

そういって反論をするのだが、

「やかましい。ふたりが密会をするところを見た者がいるのだ！」

「そんな馬鹿なことがあるか」

「うるさい！」

まったく聞く耳を持たぬ均二郎は、どんどん恨みをつのらせたらしい。

そんなばかなことを父親や兄に相談するわけにもいかない。

「困ったぞ、これは……」

ひとり悩んでいたのだった。


そして、昨年秋の夜——。

賢二郎は、めずらしく道場の仲間たちと酒を飲み、皆と別れて家に戻ろうとしたときだった。

「覚悟しろ！」

路地を歩いているとき、いきなり襲われたのである。

「なに！」

誰かと誰何《すいか》する余裕もなく、剣を抜き払った。

「死ね！」

「なんだって？　均二郎か？」

青眼《せいがん》に構えたまま、賢二郎は動きを止めた。

「どうして、こんなことを」

「やかましい！　兄貴が殺せというんだ」

「三津さまの件か？」

「それ以外なにがある」

「だから、それは誤解だと申しておるではないか。兄上どのに申し開きをさせてもらいたい」

「冗談をいうな」

「本気だ。頼む」

このとおりだ、と土下座をしようとしたときだった。

「なに？」

風が通り過ぎていった。いや、風ではない、人だ。疾風のごとく通り過ぎていったその後に、土井均二郎の体は、首から血を垂れ流して崩れ落ちていたのであった。

「均二郎！　しっかりしろ！」

息も絶え絶えの均二郎には、声が届いているかどうか。まさに、急所を突いた必殺の一撃である。

「この城下にこれだけの腕を持つ者がいたとは……」

そのとき、足音が聴こえてきた。

なんとか、均二郎の死骸を運ばなければいけない。その思いで人が来るのを待っていた。

だが、それがさらに窮地を呼ぶことになった。

そこにやってきたのは、剣術道場の師範、上河内道全《かみこうちどうぜん》だったのである。道全は持っている提灯《ちょうちん》をひょいと上にあげて、賢二郎の顔を認めた。

次に、死体を発見して、

「お前がやったのか?」

「違います……誰かにやられたのです」

「しかし、ここにはお前以外誰もおらぬではないか」

道全は周囲を見回し、提灯の明かりで足跡を探しているようだった。その辺りをうろつきながら、

「足跡はないな」

そんなはずはない、と思い賢二郎も提灯の明かりを借りて探してみたが、

「消されています……」

一瞬の間に足跡まで消していったのだろうか?

「かなりの使い手であるらしい」

消えた足跡を見て、次に均二郎の死体を検《あらた》めると、このままではいかぬ、と呟き、

「賢二郎……」

「はい」

「すぐ逐電《ちくでん》せよ」

「あ……」

「このままでは、お前が斬ったことになる。この状況で言い訳は通用せぬであろう。私がときを稼ぐから、その間に逃げろ」

「しかし……」

「お前が斬ったかどうかはこの際問題ではない。お前と均二郎の確執は道場の者だけが知っているわけではない。いまや、家中で知らぬ者はおるまい」

「確かに」

「いまなら、まだ間に合う。逃げよ」

「しかし、どこへ」

「江戸にでも行け。ここの処理はしておく」

「そうなると私は濡《ぬ》れ衣《ぎぬ》を着せられたままで逃げることになります」

「私が真犯人を探す」

「師匠さまが？」

「弟子の濡れ衣は師が晴らすのだ」

「……なんと申したらいいか」

「泣いてもこの死体は消えぬぞ。早く行け。家族にも黙って消えねばならぬぞ。そうしなければ、父や母、それに兄にまで累が及ぶことになる。江戸についたらどこに住んでいるか文を内緒でよこすのだ。そのときは名前を変えてな」

「…………」

言葉にならない。

「急げ。誰か来る……お前は私の頼みで急に江戸に行くことになったことにしておく。それならだれも疑いはかけない。殺したのは通り過ぎて行った風だ」

そういうと、道全はいきなり均二郎の死体を担ぎあげて、

「酔っぱらいにする」

にやりと笑った。

猶予はない。後はよしなに、と小さく叫んで賢二郎はその場から離れるしかなかったのである。

上弦の月が見ているだけだった。

「長い」

「すみませんねぇ。ここまで話さないと、米太郎さんがどんなことになっているのか、しっかりと摑んでもらえねぇと思いまして」

「ふ」

む、を抜いて頷《うなず》いた源九郎に、仙太はそろそろきちんと喋《しゃべ》ってくだせぇ、と要求するが、あう、お、これ、などといっこうに終わりそうもない。

「お咲さんに来てもらうしかねぇな」

「だめ」

「だめじゃありませんや」

「わかった、では普通に戻る。いまの話には、いろいろとわからぬことがあるのだが、それを訊いたら答えてくれるか。そうでなければ、またひと言会話に戻るがどうだ。よいか、だからお咲ちゃんを連れてくるのは、まだ後だ」

「ひえ、いきなり長広舌《ちょうこうぜつ》になりましたねぇ」

「そ」

「あぁ、きちんとそうだ、といってくださいよ、お願いしますから」

「ふわぁ……そろそろ、一言で答えるのも飽きてしまったから、これからは通常会話だ」

「ありがてぇ」

「仙ちゃんに訊いても答えることはできぬであろうから。その米ちゃんに会わせてもらおうか」

「出張ってくれますかい？」

「なにやら、悪人退治の匂いがぴんぴんするからな」

「それをいうなら、ぷんぷんではありませんか？」

「細かいことは気にするなというておるに」

「うへぇ！」

のけぞる仙太を尻目に、源九郎は立ち上がると、刀掛けから白柄の二刀を取り腰に差して、さぁ行くぞと声をかけた。が、そのまま崩れ落ちた。

「三日待ってくれ」

三

馬場とはいえ、空き地は反物の干場になっている。

遠くに火の見櫓《やぐら》が見えて、空は青くその辺りだけが別の世界を見せているようだった。

米太郎こと米村賢二郎の住まいは、馬喰《ばくろ》町だった。近所に剣術道場があるのか、若い侍たちが竹刀《しない》と防具を担いで歩く姿がちらほら見える。

そのような格好を見ると、腕がなるのか心が騒ぐのか、源九郎はじっと若侍たちを見ては、

「あれはものになる。うん、あっちはもう少し腰を鍛《きた》えねばならぬな。少し走らせるか、あっちは腕の力が足りぬぞ」

などと批評を始めていたが、急に足を止めて、

「そろそろか」

「もう疲れましたか?」

「本所からはけっこう歩いたではないか。まだ風邪は完全には治っておらぬのだ。あ

まり歩かせるものではない」

「まだ、ほんの四半刻（約三十分）ですぜ。江戸っ子はそんなことでへこたれません」

「私は、本所っ子だから、江戸っ子ではない」

「屁理屈いわずに……すぐそこです」

小さな堀のすぐ近くの長屋に仙太は連れて行く。

入り口の木戸はほとんど傾いて、門の体裁をなしておらず、となりの自身番だけがやたら立派に見えた。

自身番の屋根から伸びている火の見櫓から、年取った男が降りてきて、

「やぁ、仙太さん、いい魚が入りましたかね？」

「いや、今日は商売じゃねぇんだ」

「おや、それはそれは。あぁ、米さんだね？」

「いますかい？」

「さっき戻ってきたところだから、いるだろうよ。でもあれだねぇ、あの人は商売はやめたほうがいいねぇ。いっそ剣術の先生にでもなったほうがよくはないかい？」

「えぇ？」

「さっき、子どもが病気になった犬に嚙《か》み付かれそうになって、それをそこにあった、小さな棒切れ一本で助けたんだよ」

「はぁ、それで」

「なんだか、お武家さんみたいな人だなぁ、あの人は」

降りてきたのは四十は過ぎているだろうと思える白髪《しらが》頭だった。町役だというから、この長屋の大家か、あるいはほかの町内の者だろう。仙太もよくは知らないが、なかなかの物知りで、ときどき魚を買ってもらっているらしい。

こんなところまで商売に来ているのか、と源九郎は感心しながら、

「不用意な男だな」

「あぁ、犬の件ですね。確かにこんなところに剣術ができそうな男がいるのは、そぐわねぇなぁ」

ふむと腕を組みながら源九郎は、だが、楽しみになったと呟いた。剣術ができるところに興味があるのだろう。

「若さまも剣術はけっこうな腕でしょうねぇ」

「柳生新陰流《やぎゅうしんかげ》、免許皆伝であるぞ。ついでに柳生流というのはだな」

「おっと、そこまで」

無駄な講釈なのである。

井戸のそばにあるのが米太郎の住まいだった。仙太は、小走りになって先に行くと戸を叩いた。

すぐ障子戸が開き、背丈は源九郎と同じくらいか、あるいは少し高い程度。がっしりとした鼻を持ち、なかなか精悍《せいかん》な面構えの男が出てきた。

「おめえさん、やはりその顔に盤台は似合わねぇなぁ」

仙太が、しみじみといった。

「はぁ……」

本来は侍なのだから、それは仕方がない話だろうが、本人はいたってまじめに商売を習いたい、と戸口で訴えている。

「おっと、お連れしたんだよ」

「あ……いつぞやお話しいただいた、本所の若さまですね」

「ちっとばかり変わっているからな、驚かねぇでいてくれよ」

「はい、変わり者には慣れてますから」

「そうかい」

誰のことをいってるのか知らないが、仙太は一応そう答えて、

「こちらへ」

源九郎を手招きした。

長屋からも初音の馬場に建っている火の見櫓が見えている。

「あそこからこちらを覗《のぞ》かれたら、すべてばればれではないか」

「あの、なにがでしょうか？」

「おぬしの生活だ」

「いや、まぁそうでしょうが、私のことを知っている者はいませんから。それに見られたからといって悪いことはしてません」

「逃げているのであろう？」

「はい……それについては後で詳しくお話を……」

「行こう」

「は？」

「ちょっとそこまで」

「どこへです？」

「適当に話ができる場所だ」

「そうですねぇ。ここは狭いですから」

「あの火の見櫓から覗かれていたら困る。遠耳の男がいたらすべて聞かれてしまうからそれも困る」

「いや、まぁ……」

確かに変わってるかもしれない、といいたそうに、仙太の顔を見つめて、

「この辺りに休みながら話のできる場所がありますかねぇ」

そうだな、と小首を曲げて仙太は思案する。

「あまり人が多くねぇところがいいでしょうねぇ。となると、そうだなぁ。ひかり屋の二階が一番いいような気がしますが、どうです？」

「また戻るのか」

「ほんのそこじゃありませんかい」

「だが、あそこに行くには、広小路に出ねばならぬぞ。人が多い」

「ですが、初音の火の見櫓からは、見えません」

「そんなことわかるか。千里眼《せんりがん》がいたらどうする」

いるわけがない。

だが、仙太はわかりました、といって、では汐見橋のところに小さな縄のれんがあるから、そこに行きましょうと答えた。今度は源九郎も否やはなかった。縄のれんと

いう音の響きに釣られたらしい。

頃合いは、未《ひつじ》（午後二時）の刻。

昼過ぎだからと、わけのわからぬ理由で源九郎は銚子を頼み、つまみに風呂吹き大根を頼んだ。

「これが好きなのだ。喉風邪に効くからな」

胃袋じゃないのか、と仙太はいいたいのだが、黙っていた。

しばらく仙太は魚を売るにはどうしたらいいのか米太郎にあれこれ教えていたが、いつまでも続けている訳にはいかない。

「若さま、そろそろですが」

「まだ一本しか飲んでおらぬ」

「米太郎さんの話は聞かなくていいんですね」

「いまから訊くつもりであった」

態度がころころ変わるのは、風邪のせいなのか、それともほかの病気か。仙太にはそれが判然としないが、まぁ、いつもより風邪でちょっとだけいかれているのだろう、と思うしかない。

「で、どうして襲われた？」

鼻声でいきなりの問いである。

一度、拳《こぶし》を握ってから米太郎こと米村賢二郎は答える。

「まったく覚えがない、といったら嘘になるでしょう。人妻になると決まっている女性に惚れたことは確かですから。しかし、誓っておかしな真似はしていません」

「夜道で襲ったことは」

「ですから、そんなことはしてません。私がしたのは三津さまの家の前をうろついた程度のことです。それがどうして家中でそんなに噂になるのか……」

「襲ったからであろう」

「覚えがあるとしたら、いえ襲った覚えではありません。均二郎がやたらと兄の宗太郎にかわって私に因縁をつけてきたことくらいです」

「均二郎を襲ったのか」

「それは逆です。私が襲われたのです」

ふむ、とようやく襲う、という言葉を引っ込めて、

「均二郎なる者と、お前との腕の差は」

「ほとんどないと思います。五本戦ったら、私が三本やっと取れるかと」

鼻が蠢《うごめ》いたのは、自慢だろう。

「そうか、では次。均二郎はどうして米ちゃんがいる場所を知っていたのだ」

「道場の帰りでしたから。いつも同じ道をもどります。その日は途中まで幼なじみと一緒でしたが、道は同じでした」

「よかろう。同じ道を米ちゃんが戻って、そこで均二郎が待ち伏せをしていて、それからどうした」

「突然、誰かが均二郎を斬って逃げました」

「誰だ、それは」

「わかっていればここにいません」

「道理であるな」

客がひとり帰っていった。がらんとしたその店に、源九郎と米太郎の声だけが響く。遠耳がいないかと心配はしないらしい。

しばらく、じっとしていた源九郎がまた質問を始めた。

「道全はどこから来たのだ」

「それは、ほとんど訊く間がなかったのです」

「わからぬと」

「酒に酔っていましたから、おそらくはどこぞの寄り合いにでも行った帰りかと」

「よく寄り合いには行くのか」

「道場を保つには、いろいろ付き合いがある、とよく呟いていました。それとときどき、急にどこにいくのかもいわずに、姿を消すこともたびたびありましたが、おそらく金策に行っているのではないか、というのが皆の声でした」

「道全の登場があまりにも唐突ではないか。それに、いきなり逐電しろというのも解《げ》せぬのだが」

「しかし、それは」

「いや、米ちゃんがいいたいこともわかる」

ふっと笑みを浮かべると、

「しかし、はめられたのは間違いないぞ」

「誰にです」

「こっちが訊きたい」

「そうでした……でも、なにかいまの話から解きほぐせる緒でも見つかればいいのですが……」

「心配はいらぬ、十分参考になった」

「では、謎解きをしておくんなさい」

訊いたのは仙太だ。興味津々という顔でにじり寄りながら、

「あっしは、はめたのは兄貴だと思いますが」

「兄上がどうして私をはめるのだ」

「だって、人妻に懸想するような弟がいたら出世の妨《さまた》げになるんじゃありませんかい？」

「しかし、そんな面倒なことをするだろうか。むしろ弟が人殺しになったとしたら大問題になるはずですよ」

「そうかもなぁ」

ふたりの会話に源九郎はまったく興味を示さない。

「国許は、いまはどうなっておる」

「それが、文を出すのもいまは控えていますから、わからぬのです。ただ、追っ手がかかったという話はききません。師匠がうまく収めてくれたのではないかと思っていますが」

「ふむ」

「さて、悪人は誰か」

米太郎も一緒に小首を傾げる。

「で、米ちゃんは、なにをしたいのだ」

「……はい。いろいろ考えて、腑《ふ》に落ちないことが多すぎます。それをなんとか解明したい。それと、均二郎を斬ったのは私ではないという事実もはっきりさせて、下手人をあぶりだしたいのです」

「それなら……ふむ、そうだな、よし」

ぼそぼそと呟いていた源九郎は、

「ここにいてはいけない。私の部屋に行け」

「はい？」

「本所相生町に、ひかり屋という料理屋がある。そこにお咲という面倒くさくて、うるさい娘がいる。まぁ、そこそこ可愛い。その娘に頼んであげよう」

「ここにいては危ないということですか？」

「初音の火の見櫓から千里眼で見られたら困る。遠耳がいて、そこからこちらの話を聞かれたら困る。いずれにしても、ここから離れよ」

そんな人間がいたら、すでに見つかってるし、いまの会話もすべて聞かれているだろう。

「しかし、師匠にやっとこの馬喰町にねぐらを持ったと文を出したところです」

「文は何度でも出せる」

まったく意味不明のまま、米太郎はひかり屋に居候することになったのであった。

四

米太郎の部屋は源九郎のとなりだった。それについては、友江もあまり不平はいわずにいるらしい。

源九郎から気持ちが離れたらそれでいいと思っているのかもしれない。以前、お咲は友江に、そんなに源九郎が嫌いなのかと訊いたらしい。

「どうでした？」

心配そうに小弥太が問いかける。

「嫌いではありません、というだけなのです。まぁ、身分が違いますから、そのあたりを気にしているのでしょう」

「もともとお咲ちゃんにおかしな気持ちなどないというておるに。妹だ」

憤慨したように源九郎が叫ぶ。

「はいはい。わかっています、わかっています」

茶化しながらお咲が笑った。

ひかり屋に移った米太郎だが、注意する源九郎の言葉にもおざなりな返答をするだけなのである。どうやら国許のことを考えているらしい。それはそうだろう、いま国では自分がどのように扱われているのか、まるでわからない。

それなのに三津さま、などとうわごとをいう体たらく。

それどころか、米太郎の目はお咲に向いている。

源九郎は勘弁ならん、と、

「おいおい、その目はなんだ」

「は……いえ、あのぉ……似ているのです」

「だれに」

「三津さま……」

「それが原因になったというに」

苦々しい顔をする小弥太に、申し訳ないという目つきで米太郎は頭を下げるが、お咲は、それはうれしいことをと喜んでいる。

「夜桜でも見に行きますか?」

「それはいいですねぇ。江戸の花見には以前から興味があったのです」

周囲の心配をよそに、ふたりはにこりと笑みを浮かべあう。

だが、その能天気ぶりが大変な事件を呼ぶことになった。


居候した三日後、いきなり米太郎さんにお客さんです、と女中が呼びに来た。客？　と小弥太は一瞬身構えた。米太郎も肩に力が入って、

「誰ですか？」

「どうぜん、とかいう総髪のお武家さんです」

「師匠！　どうしてここが？」

誰だという顔をする小弥太に、国許で剣術を習っていた師匠だ、と答えた。ここを教えていたのか、という問に、こっちは教えてないと答える。不思議だと呟きながら、米太郎は下に降りていった、
上河内道全はいつもと変わらぬ佇《たたず》まいで、戸口に立っていた。ずいぶん長く会っていなかったような気がする。

「賢二郎、元気そうだな」

「おかげさまで……しかし、師匠、どうしてここがおわかりになりました？」

「一昨日、馬喰町へ行った。だが、留守であった。それで墨堤に行ってみた。おぬし、夜桜を見に墨堤に出たであろう。そのときに見かけたのだ。娘御と一緒であったな。調べたらすぐここだとわかった」

「ははぁ……うかつでした」

「まぁ、よいではないか。見つけたのは私だ」

「はい。で、師匠はどうして江戸へ？」

「じつは道場をやめたのだ。以前から考えていたのだが、少し諸国で武者修行をしてみたいと思うてなぁ」

「………」

「それで、ひとまずは江戸の知り合いの道場で食客になり、腕を磨《みが》いておる。ほれ馬喰町の宮田《みやた》道場だ」

「あぁ、たしか師匠の兄弟子がおやりになっているという道場でしたな」

「覚えていたか」

「訊きたいことがあります」

「わかっておる。その話もしたくて訪ねてきたのだ」

道全は声を潜めた。

私の部屋へ、と誘おうとしたとき、ふわぁ〜というあくびとも動物の鳴き声ともなんともいえない声が聞こえてきた。階段を降りてくる音がして、源九郎が背伸びをしながらやってきた。

道全を見ると、おっ、という顔をしたがそばに米太郎がいると知り、

「おや、お知り合いかな」

眠そうな声を出した。すでに午《うま》（午後〇時）の刻になろうとしているのに、いま頃起きたようだ。

「国許の師匠、上河内道全さまです。こちらは」

「あぁ、よいよい。この二階にいる風来坊だ。ただの遊び人、あるときは虎、またあるときは、象、またあるときは……ふわはは。よしなに。ところでちと話がある、すぐ私の部屋へ」

意味不明な自己紹介に、道全は呆気《あっけ》に取られているだけだった。

なにをしに降りてきたのか、源九郎はすぐ二階に戻っていった。

「師匠、申し訳ありません。急用ができました」

「……では、またの機会に来るか。いろいろ話したいこともあるでなぁ」

「今度、ゆっくりと」

わかったといって道全は、踵《きびす》を返した。

二階に上がったと思っていた源九郎がすぐ降りてきて、

「師匠だというから顔を見たくて降りて行った。あれは、食わせ物だな」

「どうしてです、私の立派な師匠ですよ」

「あの顔が気に入らん。第一、唇がやたらと厚い。言葉が空虚なのだ。それに額が広いのは無駄な知恵が働くという意味を表している。詐欺師《さぎ》に多い顔だ。それと頬骨《ほおぼね》が高いのは頑固ということだ。一度決めたらてこでも動かぬ。さらにあのごつごつした手は、剣術で稽古を相当積んでいるとみた。それに……」

「源九郎さまは、千里眼ですか」

「観相見といえ」

そこにお咲がやってきた。

小弥太と仙太もやってきた。

若い男の居候はお咲には楽しいらしい。最初の日に夜桜見物をしてからますます仲は深まっているようだ。

そんなに若い男がうれしいのか、と小弥太は渋面を見せているが、周りの思惑など屁の河童《かっぱ》という雰囲気で、

「源九郎さまだけでは継母《はは》も心配してましたから、これであれこれいわれなくてすみます」

例によって源九郎は、脇息《きょうそく》に手をおいて体を預けるような格好をしている。そこにお咲と小弥太、さらに仙太が侍っている。

お咲には、米太郎の正体は教えていなかった。だが、このままでは不都合が起きるだろう、と事件の話を源九郎がすると、眉《まゆ》が上がったり下がったり。

「それならここを本陣にしましょう。そうして米太郎さまの無実をはらす算段を練るのです」

「よし、では、ちと作戦を練る」

お咲だけを残し、他の者たちを部屋から追い出しでもするかと思ったが、

「ちこう……」

そういって、そばに寄ってきたお咲の耳元でなにかを囁《ささや》いた。

「……また、そんなことを」

「いや、いや、どうだ、楽しいぞ」

「冗談ではありません。私を何だと思っているのです」

「いやいや、だから……」

源九郎の囁きを聞いていたお咲は、呆《あき》れて話にもならないという顔つきで、

「そんな作戦は、駄目です」

「こらこら、大きな声でいってしまっては、策にならぬではないか」

「あまりにもばかばかしいではありませんか。みなさん、聞いてください。米太郎さんを囮《おとり》にして、敵をおびき出そうというのですよ。そんな危険なことは無理です。なにを考えているんでしょうか」

そこにいた全員が、大きく溜息をつくのだった。

「そんなことより……親分」

「はい。さっきの作戦はだめです」

いつものごとく、四角四面の態度で返事をする小弥太に、源九郎は苦笑しながら、

「この者の周囲に気をつけてもらいたい」

「刺客《しかく》でも来るのでしょうか」

「千里眼と遠耳がそばにいたら、すぐ私に知らせてくれるように」

「はい？」

「いや、まぁ。そろそろ風邪も治ったからな。そんなばかなことはいわぬ。いわぬが、気をつけるにこしたことはない。ひっそりと刺客が来ているとも考えられるの

だ」

「どうしてです？　なぜこのかたの命が狙《ねら》われるのでしょう」

「均二郎殺しの真実を知っているからだ。米ちゃんが本当は自分が殺したのではない、と訴え始めたら困る者がいるはずだ」

「なるほど」

小弥太は得心顔をするが、当の米太郎はあまり切迫してはいないらしい。刺客などはこない、と楽観しているのだろうか。

「それはいかぬ。普段から用心せよ」


数日の間はなにごともなく過ぎていった。

江戸の春は爛漫《らんまん》。

墨堤の桜見物は五日から七日ほどで頂点を極め、あっという間に葉桜になった。それでも、

「花見よりこっちのほうが風情があるじゃねぇかい」

と、なかには夜の墨堤を提灯下げて歩きまわる者たちがいたり、筵《むしろ》を敷いて飲めや歌えやと騒ぎ立てる者がいたり。

それを取り締まる小弥太は、両国から本所界隈を忙しく見廻りをしているのだった。

小弥太が、ひかり屋に見廻りの途中立ち寄ると、

「親分さん」

米太郎が困り顔で佇んでいた。顔に覇気がない。

どうしたのか、と問うと、

「さきほど、友江さんから訊かれたのですが、お咲さんがいないのです。一昨日の夜、一緒に夜の葉桜見物をして以来、姿が見えないのです」

「なんですって?」

「かどわかしでも遭ったのでしょうか?」

「そのような兆候があったんですかい?」

「いえ、気が付きませんでした」

そこに、女中が米太郎に、いま使いの者が来てこれを渡してくれといわれた、といって巻紙を渡された。

開いてみて、米太郎は驚愕《きょうがく》する。そこには、

お咲を預かっている。

そう一行だけ書かれていたのである。

五

小弥太は文を見て、これは慣れた人の手ですねと答えた。書き慣れているというのである。ということは、侍か、それとも手習いの師匠かもしれないというが、ここで決めつけるのは危険だ、と源九郎が諭《さと》す。

「しかし、いつどこでさらわれてしまったのでしょうねぇ」

仙太が不安そうに膝《ひざ》をがたがたと揺らしている。今日は、普段源九郎の顔を見ようとしない友江も側《そば》に座っていた。ちらちらと源九郎を覗くが、別段不服をいうわけではなかった。

年齢は、おそらくお咲より十歳程度上だろうか。お咲の実母の妹というだけあって、お咲と目や鼻の作りが似ている。むしろ、源九郎が想像していたよりは穏やかな面持ちであった。

どうして会うのを嫌がっているのか理由は教えてくれない。

だが、いまの問題はお咲の誘拐である。

「昨日の昼ごろ、お花のお稽古に行ってそのまま戻ってこないのです」

憂いを帯びた表情で、友江がいった。

「なんと、そうだったのか！」

叫んだ源九郎に皆の目が向けられると、

「あいや、すまぬ。あのお咲ちゃんがお花を習っていると聞いてつい」

驚きはそっちか、という非難の目を無視して、

「しかし、どうしてお咲ちゃんが……」

そこにまた女中が下から米太郎を呼ぶ声が聞こえた。文がまた来ているというのである。使いの者を捕まえておけ、と小弥太は叫んだだが、

「今度は、石のつぶてでした」

女中の声が答えた。

いろいろな手を使うものだ、と小弥太は呟く。だれか策士がいるのかもしれない。同じ手を使うと、そこから足がつくことがある。

文には、

お咲を帰して欲しければ、ひとりで、明日の明け六つ（午前六時）、小梅の花見《はなみ》橋のそばにある弁天《べんてん》堂の前に来い。

誰かを連れてきたらお咲の命はない。


と書かれている。

「目的はなんでしょうか」

仙太が訊いた。

「決まっておる。米ちゃんの命だ」

「どうしてです？」

「だから、生きていたのでは都合の悪い者がいるということだろう。米ちゃんは自分では隠れ家はばれていないと思っていたらしいが、ほれみろ、やはり敵には千里眼がいたではないか。遠耳がいたらここでの会話もばれておる」

「それはありません」

あっさりと小弥太が否定して、

「米太郎さん、どうします？」

「いかねば、お咲さんが危ない」

「しかし、ひとりで大丈夫でしょうか」

「心配はいらない。私は一刀流の使い手だ。三人くらいまでなら負けない」

「四人だったら」

「最後のひとりは相打ちでもよい」

「五人だったら」

「…………」

答えに窮していると、源九郎があっさりと、

「負けるということだ。まぁ、それもしょうがあるまい。大人しくしていろといっておったのに、お咲ちゃんと遊びに出たりするからである。これはひとりで落とし前をつけてもらおうか」

「そんな薄情な」

小弥太が義憤にかられた顔で詰め寄る。

「なんとかなりませんか。そのためにここで居候しているのではありませんか」

「なんだか、雲行きが怪しくなってきたが、策はある」

「それを早くいってください」

「道全を連れて行け」

「はい？　お師匠さんを？　どうしてです」

米太郎がにじり寄る。

「考えてみろ。米ちゃんの事件は、上河内道場の内紛のようなものではないか。いや、本当は裏があると思えるのだが、表向きはそうだ。均二郎が斬られた原因は、ふたりの確執だと思われているのであろう？」

「さぁ、おそらく。先日師匠さんに聞いておけばよかった」

いまからでも遅くはない、と源九郎は仙太に声をかけて、宮田道場に行って道全を連れて来いと命じた。

合点と、すぐ仙太は立ち上がり、ひかり屋を出た。

「道全が一緒に行くのを得心してくれるでしょうか？」

小弥太が眉を寄せながら訊いた。

「自分の弟子の問題だ。行くだろう。それに行かねばならぬ理由があると思えるのだ」

「はて、それはいかに」

にじりよった米太郎は、源九郎がどうにも道全を悪者に仕立てあげようとしていると感じて、不愉快らしい。

「まぁ、行けばわかる」

「謎解きの触りくらいでも教えてもらいたい」

「いや、それはまださっぱりだ」

「はい」

「当て推量だから、論理的に答えることはできぬ」

「その当て推量だけでもかまいません」

「まぁまぁ、慌てるこじきはもらいが少ないというからなぁ。それでも、おそらくは間違ってはおるまい。動かぬ証拠を掴むには、この策が一番だ」

「はて」

「これは動かぬ話、佐竹《さたけ》の人飾りだ」

「はい？」

江戸に疎《うと》い米太郎は首を傾げる。

「佐竹二十万石を知らぬのか」

「いや、佐竹右京大夫《うきょうのだいぶ》さまなら知ってます」

「正月は人飾りをすることで有名だからのぉ。三味線《しゃみせん》堀にある佐竹家の上屋敷では、元日の朝から七日まで表門外にある敷石の左右上に足軽が三人立つ。どんな客に対しても会釈もしないお辞儀もしない、突っ立っているだけ。ぴくりともしないで往来を見張る。これが人飾りだ」

「知ってます、松飾りの代わりでしょう」

「それだ。半刻（約一時間）はぴくりとも動かぬというからたいしたものだ」

「だから動かぬ、とかけている……なにかすっきりいたしませんが」

「おかしいか？」

「わかったような、わからぬような……」

「まぁ、細かいことは気にするな。雰囲気でも感じたらそれで十分」

そういうと、源九郎は小弥太に道全がいつ江戸に来たのか、それを調べてくれ、と頼んだ。

まだ腑に落ちない表情をしている米太郎に、

「あまりにも都合がいいと思わぬか」

「なにがです」

「わからぬか。均二郎がおぬしを斬ろうとしたのはなぜだ？　それほどの確執でもなかろう。しかも己が惚れた女ではなく、兄の嫁になる娘に横恋慕したからといって、斬ろうと考えるとは思えぬ」

「ははぁ……」

「そこに、疾風がきて均二郎を斬って逃げた」

「はい」

「そのすぐ後に、道全がやってきて、お前を逐電させた」

「間違いありません」

「これで不審を覚えぬとしたら、そのほうが難しいではないか。そのときは突然のことだったので、思考が止まっていたのだろう。そろそろ動き出してもらわねばいかんなぁ」

「いわれてみたら確かに、腑に落ちぬことばかり」

「そうであろう、そうであろう。そうなのだ。道全はなにかを知っている。いや、道全がすべてを企《たくら》んだという疑いも拭《ぬぐ》いきれぬ」

米太郎は、うううむと腕を組んで動けなくなっている。

道全は、悠然と加賀友禅《かがゆうぜん》の紋付き羽織を着てやってきた。腰に差した二刀は源九郎の白柄に対して黒柄蛇腹巻き。

そこにいるだけで、剣がなにかを語るような趣《おもむき》があった。もっとも、道全の佇まいがそのようにさせているのだが。

「お招きいただきまして」

ていねいにお辞儀をする姿を源九郎はじっと凝視している。だが、すぐふっと笑みを浮かべて、

「いやいやいや、よく来てくれた、よく来てくれた」

「……あなたさまは？　先日ちょっとお目にかかりましたが、どのようなご身分のかたでしょう」

浪人にも見えないし旗本にも見えない。どこぞの家臣にも見えない源九郎の不思議な雰囲気に、道全は面食らっているようだ。

「いや、まだまだ、自己紹介は後にするときがくるであろうからな。そのときにしっかり聞いてもらいたい」

「そうであれば、まずはお名前だけでも」

「ふむ……姓は日之本、名は源九郎。人呼んで……いや、まだ早い」

「はい？」

「さっそく話を聞いてもらおう」

居住まいを正して、道全はお聞きしましょうと答えた。

お咲が誘拐されて、取り返したければ明日の朝、小梅の天神前に来い、と呼び出しを食らったという話をすると、道全はそれが私となんの関わりがあるのでしょうか、と問う。

「疑問はもっともである。だがな……」

「はい」

「私は、おぬしに疑いを持っておる。均二郎殺しを画策したのはおぬしであろう」

単刀直入にいってしまった。

「なんと」

源九郎の言葉を和《やわ》らげるように、米太郎が助け舟をだす。

「いや、それは言葉の綾でして」

「違う。疑念だ。言葉は正確にいうものだ。このお咲ちゃん誘拐にも、おぬしが裏にいるのではないか、という疑惑はある」

不服そうにする米太郎に、

「よいよい。いまの源九郎どのが私に疑念を持つのは、たしかに仕方がないことであろう。あのとき、私がいたのはたまたまだ、というのもこれではただしらばっくれているることにしかならなさそうだ」

「そのとおり」

源九郎は、物怖《お》じしない。

「さすれば、それを解消するにはお咲どのを助ける手伝いをせねばなるまい。ひとりでこい、と書いてあるからといって、敵も同じようにひとりではあるまい」

「そのとおりである。なに、道全どのが助け舟をだしてくれたら、大船に乗ったも同然。それが当然。米太郎の命も安全だろう」

どんな顔をしてそのような言葉遊びをしているのか、と思ったのだろう、道全は源九郎を不思議そうに眺める。

どうしてこんな侍ができあがったのか？

そんな顔をしていた。

六

江戸の花見客も落ちつき始めていた。

三寒四温はすでに終わり、春一番はとっくに吹き荒れて、富士山の冠雪も少しずつ溶けているように見えた。

大川の流れもどこか温《ぬく》んで見えるのは、気のせいか。

お咲を助けに行く日が来た。

源九郎はどこに消えたか姿が見えない。先回りをして小梅に行ったのかもしれない、と小弥太は友江に告げた。

「そうですねぇ」

小首を傾げるだけで、あまり心配はしていないらしい。それほど源九郎の言動には興味がないのだろうか、と小弥太は不思議な目で見ると、友江はふと気がついたのか、

「それは心配です。お咲はどうしているのでしょうか?」

あまり心から心配しているようには見えず、小弥太は首を傾げ続ける。

なにかがおかしい……。

小弥太は心の奥で呟いた。

そうこうしている間に、夜が明けようとしている。

昨日のうちに、道全が江戸に出てきたのは、米太郎が江戸に出てきた数日後だった

ことが判明した。

となると、道全が修行に出たのは、事件が起きてすぐということになる。それはまるで事件から逃げたようにも見えるではないか。

そして、小弥太はお咲を誘拐したと書いてある文をじっと見つめて、はっと息を呑《の》んだ。

やがて仙太が二階に上がってきた。源九郎の留守を知ると、

「あぁ、また抜け駆けしましたねぇ」

「そうかもしれんなぁ」

「あっしたちがいたら足手まといにでもなると考えたのでしょうか」

米太郎はすでに現地に向かっている。そろそろ行こうと小弥太は、仙太を誘った。

明け始めた本所から大川を登っていく。

ようやく浅草寺の五重塔が左手に見えてきた。その裏手から小梅村に向かう。本来ならうららかな朝である。大川には舟が流れていく、都鳥《みやこどり》がそろそろ目を覚ましたのだろう、ぎゃあぎゃあと空を飛び回っている。

小弥太、仙太のふたりにはこれからなにが起きるのか、まるで予測のつかないことが待っているはずだった。

第一、お咲を誘拐したのはだれだ。

その理由は？

小弥太が呟くと、

「それは、お咲ちゃんを囮にして米太郎をおびき出す手じゃやねぇんですかい？」

「本来なら、そう考えるのだろうがなぁ」

「違うというんですかい？」

「いや、なんとなくなぁ。腑に落ちねぇ」

「なにがです」

「いろいろだ」

「なんだか、語る口調が源九郎さんに似てきましたぜ」

「そうかなぁ」

「まぁ、四角い小弥太さんは物事を簡単に考えることができねぇでしょうが、今回は単純でしょう。問題は、どうやって米太郎さんの濡れ衣を晴らすかですよ」

「それは間違いない」

そうこうしている間に、小梅へ向かう丸木橋が見えてきた。広大な水戸《みと》様のお屋敷の裏手にある常泉《じょうせん》寺側から堀を渡す橋を渡った。

「弁天さんというのはどこだ?」

「もう少し奥に進んだほうでしょう」

田園地帯が続き、うっすらと霞《かすみ》がかかっている。大川の水が作った天然の幕のようだった。

「花見橋のそばですぜ」

仙太が思い出すようにいった。

このあたりには金持ちの寮が点在している。畑と建物の間を進んでいくと小川が流れていた。

そこに花見橋と消えそうな文字で書かれた橋を見つけた。ひょいと目を右に向けるとこんもりとした林がある。弁天堂だった。

林のなかに入っていくと石畳があり、それが境内に続く道だった。

左右は松の木が並んでいる。途中に石地蔵が何体か並んで、朝の靄《もや》に眠っているように見えた。

本堂の横に誰かがいる。

「あれ?」

仙太が訝《いぶか》しげに呟いた。

縄で縛《しば》られたお咲のとなりに黒装束が立っていた。

その前にいるのは、道全と米太郎である。

じっと三人は対峙《たいじ》していた。近づいたらいけないと小弥太は、ここで成り行きを見ようと足を止めてしゃがんだ。仙太も同じようにその場に腰をおろす。

初夏の朝だ。

太陽はすぐその力を発揮し始めた。それまで薄暗かった周囲を明るく照らし始めたのだ。三人の立ち姿がはっきり見えるようになった。

「ひとりでくるようにと書いたはずだが」

黒装束が叫んだ。

「おぬしは誰だ」

問いかけたのは道全だった。

「誰でもねぇ。それよりお咲を助けてほしくば、その男をこちらによこせ」

「なぜだ」

「均二郎を殺した相手を知っているからだ」

「なに?」

道全は横にいる米太郎を見つめる。本人はどう返答したらいいのかわからぬという顔つきで、首を横に振っている。

「知らぬというておるぞ」

「それはそうだろうよ。まさか自分を助けてくれた人、それも師匠が斬ったとはいえねぇだろう」

「なにぃ？」

「なにぃじゃねぇってんだ。てめぇの自作自演だろう。その理由まではまだはっきりとはしてねぇがなぁ。まぁそれもすぐわかるさ。伯耆守も泣いておったぞ」

「名を名乗れ！」

「ふふふ……訊かれて名乗るもおこがましいが……やっとこのときがきたぜ」

「なんだって？」

さぁっと……いや、どたどたと黒装束をぬぎ捨てると、白羽二重に博多の帯。裾《すそ》に日輪を冠し、その前を白鳥が飛んでいる。白柄の二刀をたばさんだその主は、

「お前はあの二階の居候！」

「姓は日之本、名は源九郎、人呼んで本所の若さま。しかしてその実体は、悪人退治の懲らしめ屋とは、えいいいい！」

見得を切った。

「おれのことだぁ！」

さらに見得を切ろうとしたとき、別の声が聞こえた。道全の斬り込む声だった。

おっとっと、といって白ずくめの源九郎は、下がりながら、

「そろそろからくりを話してもらおうか」

「………」

「いやならこっちから先にいおう」

源九郎は、ぱあっと両手を拡げて、

「よいか。上河内道全。よく聞け。事件が起きたときお前はどこに行くところだったのだ。後で出てきたときには、提灯を持って足跡を探したそうだが、それは自分の足跡を消すためであろう。それに均二郎はそこの賢二郎と道場では一、二を争う腕。勝てる者は城下にいないというではないか。では、だれが斬ることができたか。それは均二郎よりも強い剣客。つまり師匠しかおるまい。おっと、よそ者だっている、というのはなしだ。そんな者がいたという話はだれも聞いてはおらぬからな」

「だ、だまれ！　なにを世迷い言をいうか」

「最後まで聞け。賢二郎が逐電した後、兄の佐一郎は職を解かれるかもしれぬ。当然といえば当然だが、そこで得をしたのは誰だ」

「土井宗太郎！」

米太郎が、いや米村賢二郎が叫びながら道全から離れていく。

「そのとおり！」

「つまりあの事件は賢二郎、お前の兄を失職させるために創り出された狂言なのだ」

「ううう」

「絵を描いたのは、おそらく土井千太夫。宗太郎の父親だろう。でなければ平仄《ひょうそく》が合わぬからな。おそらくは、自分の息子の出来の悪いのを棚に上げて、出世を図ったのであろう」

「ふん……お前はばかだな」

「なに？」

「まったく違っておるぞ。佐一郎は失職などしておらぬ」

「まさか……」

道全は、悠然と進み出て、

「いいか、本当の話をしてやろう」

わっはっは、と道全はいきなり笑い転げて、賢二郎を見つめた。

「お前のばかな行動が、こんなばかな事件を起こしてしまったのだ。いいか。城下で三津の相手と思われていたのは、お前ではない。兄の佐一郎だったのだ！」

「な、なんと……」

数歩下がって、顔が米太郎から賢二郎に戻った。

「お前は兄が付き合っていた女に惚れたのだ。三津の父親、秋谷藤右衛門は、あるとき勘定方支配の土井千太夫から縁談を持ち込まれる。自分の出世の糸口になるはずとよろこんだ。ところが、三津は自分には想い人がいると答えた」

「それが兄……佐一郎。そうか、それであの愛宕下で会ったとき、兄のことを知っていたのか」

「だが、お前が三津の話を均二郎にした。均二郎は三津の思いがお前にあると勘違いをした。だが三津の心が宗太郎ではなく佐一郎にあると知った千太夫は、噂を流したのだ、米村の息子が許嫁のいる三津に懸想していると……佐一郎の評判を落とすためだ」

「む……息子違い」

「そういうことだ」

「では、裏で糸を引いていたのは……」

「嫉妬に狂った土井宗太郎だ。弟の均二郎は道場で一、二番の腕。佐一郎を斬るのは簡単だと考えたのだろう」

「しかし、そんなことをして均二郎が下手人だとばれたらお家が改易になる」

「だから、私があそこを通りかかることになっていた。ふたりが果たし合いをして、均二郎が勝ったということにする予定だった。だが魔が差した。均二郎を斬ってお前が逃げたことにしたほうが上策とな。土井家のほうが金を出す」

「ということは、江戸に武者修行に来たというのは……」

「もちろん嘘だ。お前を斬るためにきたのだ」

ううむ、と賢二郎は後ずさりをしながら、刀に手をかける。

「やめておけ」

静かに源九郎がいった。

「悪を斬るのは、私の役目だ」

「しかし……」

「本来、人を斬る気持ちはまったくないが、おい、道全、お前だけは斬りたいと思ったぞ」

七

賢二郎はこれは自分の問題だといって、道全の前に立った。源九郎も今度はやめろとはいわなかった。じっと道全を睨《にら》んでいる。恨みという色はなかった。どこか哀れんでいる目だった。

「どうして……」

「お前にはわからぬだろう」

「わかりません」

「……私にも好きな女がいた」

道全は、刀を抜かずに語り始めた。

「道場は楽しい。お前のようなできのいい弟子たちが成長するのを見るのは、無類の楽しみだ。だが、それだけでは経営がなりたたない。自分の夢だけではどこかで歪《ゆが》んでしまう」

「わからぬ」

「最後まで聞け。剣に命をかけようと思ったのは確かだった。だが、気持ちだけではどうにもならないことがある」

「金といいたいのですか」

「まぁ、そうだ。だが、それもある程度はなんとかなると思っていた。しかし、あるときその気持ちが崩れた。ある女に惚れてからだ」

「それは誰です。そんな話を聞いたことはありません」

「それは当然だろう。ずっと隠してきたのだから」

「それは……ひょっとしてたびたび、先生が道場をあけるようになったことと関係がありますか」

「私が惚れた女は体が弱かった。このまま何年も生きることはできないだろう。医者にいわれて私の気持ちに邪念が芽生えた」

女の名前は、光代《みつよ》というと道全が答えた。あるとき、剣の修行と思って美濃の山を歩いているとき、木こりの娘と会った。それが光代だった。二十五歳となっていたが、まだ独り身で野山を駆け巡っているところに出会ったのである。

そしてすぐふたりは恋仲になった。

その頃から光代の体は病に蝕《むしば》まれていたという。

里に下り、養生することになったのだが、なかなか快方には向かわない。病名は癌《がん》だということだった。死病だった。

よくなったと思えば、また悪くなる。その繰り返しだった。

だんだん手元が不如意になってきた。そこで、どうしようかと考えていたときに、この話を持ち込まれた。本来ならそんなばかなことはやめろという立場なのに、光代を助けるためだ、という声が耳元で囁いた……。

「それは言い訳でしかありません」

「恨まれてもそれは仕方がないことだ。さぁ、こうなったら剣客同士、いざ、尋常に勝負しよう」

言いたいことをすべて言い終えたせいだろうか、道全の顔のくすみがとれたようだった。だが、逆に賢二郎の顔に憂いが生まれた。

そんな師匠の話など聞きたくはなかったという顔である。

「余計なことは考えるな」

青眼に構えた道全の佇まいは、すでに死を賭《と》してる姿に見えた。

「遠慮はいらぬ」

「光代さまはいまどうしているのです」

「私の戻りを待っているであろうなぁ」

「では、もうひとつ。均二郎を斬った後、どんな気持ちでしたか」

「……正直にいおう。とんでもないことをしたと思った。しばし経って、お前に斬られたらそれでよい、とも思った。江戸に出てきたのは、お前を斬るためというよりは、私を斬ってもらいたかったからかもしれぬ」

それまでじっと会話を聞いていた源九郎が、ふたりの前に立った。そして二言三言なにか言葉を伝えた、瞬間ふたりは驚愕の顔をする。

「これは……」

突然、刀を背中に引き、膝をついて頭を下げた。

小弥太と仙太には源九郎がなにをいったのか聞こえない。なにが起きたのだと顔を見合わせているだけである。

「二人に告ぐ……」

「は……」

「はい」

「勝負は私が見届ける。尋常に勝負せよ。どちらが勝っても負けても、後のことは私に任せよ。よいか」

ふたりの顔には感動の色合いが出ていた。

明け六つから半刻は過ぎている。

空から降り注ぐ日の光が上河内道全と米村賢二郎の顔を朝の色に染めていた。

総髪の道全の刀は二尺四寸五分。

賢二郎は二尺四寸。

ふたりの剣先が相手の喉仏を狙って、寸分の狂いもない。かすかに腰を落とし、相手を狙う。一刀流の極意なのかどうか、小弥太にはわからない。

もちろん仙太に見る目はない。

しかし、ふたりの気持ちが先ほどとは異なり、漁師が魚を引き上げるがごとく、農民がひたすら稲刈りをするがごとく、ただ戦いに専念している様が感じられるのだ。

まるで舞台の上で剣客役のふたりが、対峙しているような雰囲気だった。

「さっき、なにがあったんです?」

仙太が小弥太に問いかけるが、それに答えを持つ小弥太ではない。それほど、ふたりの姿は、ただ剣に、命を、真実を、心をかける、そう見えた。

道全が右に回り始めた。

それに合わせるように賢二郎も同じ方向にじりじりと回っていく。ふたりの足先は地面から一寸も離れない。

道全が太陽を背にしようと動き始めたのだろうと小弥太は見た。このままでは、賢二郎が目を潰《つぶ》される、と思った瞬間だった。

むん。

賢二郎の腹から声が出た。

上段の構えに移って、そのままするすっと前進すると、すうっと刀を下ろし突きを見せて、体を右に滑るように寄せる。

刹那《せつな》、賢二郎の逆胴が道全の左腹に向けられた。だが、道全はほとんど体を動かさずに、一寸の間でそれをはずした。

まるで水の上で戦っているようであった。

と——。

「よし！　やめぇ！」

え？

源九郎の声だった。

大音声だった。

どうしたのか、と全員がぽかんとするしかなかった。だが、当人はしごくまじめに、

「もう、よい。そこまでだ。これ以上師弟の戦いを見るのは忍びない。ううぅっ、お前たちはよい師弟であるなぁ」

泣き声になっている。

「太刀筋を見るとそれがわかる。道全、さきほどは斬りたいなどととんでもないことをいうてしもうた、謝る」

「あ……それはおやめください」

慌てた道全は源九郎の前で深々と頭を下げて、その場に胡座《あぐら》をかいて座った。

源九郎は、賢二郎に声をかけている。同じように賢二郎もお辞儀をしようとしたその刹那、

「あ！」

小弥太は思わず声を出した。

源九郎には死角になっている。道全がなにをしようとしているかまで見えていない。

「やめろぉ！」

小弥太は、草むらから走り出た。

道全が、黒柄の短刀を引き抜き、腹を斬ろうとしたのである。

遅い！

そう思ったとき、源九郎が足を飛ばした。手で止めていたら間に合わなかったことだろう。

足先に引っかかって黒柄が飛んでいく。

「馬鹿者……なにをするか」

「しかし」

「馬鹿者。私が伯耆守によしなに話をしておくから、死ぬな。光代さんのことはなんとかしよう。ふたりで長崎に行け。南蛮通の医師に診てもらったら、なんとかなるかもしれぬ。」

「私からもどれだけ口添えができるかどうかわかりませんが、なんとか……」

賢二郎もしゃがんで、師匠の手を取った。

「しかし……」

「よいか。均二郎を斬ったのは、疾風のように消えていった風の男であろう？」

「それは」

「悪いのは土井だ。そのあたりを突けば伯耆守もよしなにしてくれるであろう。面倒なことが起きたら公儀がなにをいうかわからぬ」

「は……」

「ただし、私が余計なことをしたというなよ」

「それはもう……」

「じつは、目付に睨まれておるでなぁ。かってに本所の家も出てはいかぬことになっておる。まぁ、ある程度は目こぼししてくれているが、あまり派手にやると後が怖い」

にっと笑った屈託のない顔は、道全と賢二郎の心を溶かした。

そこに小弥太がやってきて、

「なにがどうなっているのか、教えてくれませんか。まったくちっともわかりません」

「本当ですよ！」

小弥太と仙太の言葉に、
わっはは！

笑う源九郎の声だけが、朝焼けの弁天堂の屋根に響き渡っていた。

八

例によって本所相生町、ひかり屋の二階座敷。

集まっているのは、源九郎を中心に小弥太、仙太、お咲。友江は表に出ていていない。

源九郎は脇息に肘《ひじ》をついて、どこかだらしない格好で、ふわぁとあくびをしている。そばで、お咲が笑いながら、

「ふふふ、あのときの耳打ちはねぇ……」

「なにがあったんですか」

小弥太がはっきりしてくれ、と詰めよっていた。

「あれは、誘拐されろといわれたんです。そして、最後に、喧嘩を売れと。そうしないと後でふたりで作った策だとばれるから、って」

「あの怒鳴り合いは、わざと？」

小弥太は、やはりなぁ、と頷いている。

「おや？　親分は気がついていたんですか？」

「いや、なにかおかしいとは思っていましたよ。だって、若さまも友江さんもお咲ちゃんがかどわかされたというのに、騒ごうとしない。普通ならこっちが嫌になるほど、大騒ぎするはずの若さまが、普通の顔をしていましたからねぇ」

「ううむ。役者にはなれんな」

「それと、もしお咲ちゃんのかどわかしが狂言だとしたら、なにか目的があるはず、と考えました。そこで、あぁ、道全をおびき出す算段だなと思いました。ただ、道全にお前が黒幕だろうといっても、はいそうです、と答えるはずがありませんから」

「なるほど」

「それも、これで完璧に気がつきましたが、脅迫状です。あれは書き慣れている手でした。そして、あっしはあの字体を見たことがあることに気がついたのです。あれはお咲ちゃんが自分で書いたものですね」

「ううむ。ますますもって親分は只者《ただもの》ではない。今後は気をつけねばいかぬなぁ」

「なにを気をつけるのです」

「騙すときだ」

「騙すんですか？」

「いや、言葉の遊び、比喩《ひゆ》。隠喩《いんゆ》、黒猫を見て、不吉というようなものだ」

「……よくわかりません」

「気にするな、細かいことは流すのが長生きの秘訣《ひけつ》だぞ」

「それともっとわからねぇことがありますぜ」

仙太と小弥太が目を合わせる。

「あっしたちは、三人が戦おうとしているとき、離れていたのでなにを話しているのか聞こえなかったのですが、どんな会話をしていたんです。いきなりふたりが頭を下げ始めたのですからねぇ。千両やるから喧嘩はやめろとでもいいましたかい？」

「わっははは。仙太親分も相当なタマであるなぁ。いや、よく解いたものだ。そのとおりだ」

「ちっ……噓くせぇ」

後ろを向きながら、言い捨てた。

「ところで、三津さまと佐一郎さんはどうなったんでしょう？」

「さぁなぁ。それはこっちの知ったこっちゃない」

冷たく源九郎は言い放った。だが、本当のところは陰で手をまわしている。それをここでいうわけにはいかないのだ。

「道全はどうなったんです？」

「まぁ、あのまま逐電したらしい、ということにしておいた。長崎にいっていることだろう。それで光代さんの命が助かるかどうかは、誰もわからぬ」

「しかし、均二郎さんだけが貧乏クジをひいたってことですかい？」

仙太は、それは可哀想だと呟いた。

「なに、どうも均二郎は本気で賢二郎を斬るつもりだったらしいからな。おそらく本気で斬って自分が道場では一番だと自慢をしたかったのであろう。果たし合いだといえば、誰も文句はいわぬ。つまり自業自得だろう。どうせ賢二郎と戦って勝てるわけがない。あれは強いぞ」

「そんなに？」

お咲が悲しそうに問う。

「均二郎殺しについては、結局は有耶無耶《うやむや》になるであろうよ。父親のほうも少しは後ろめたいことがある」

「それなら、まぁいいのですが。道全がのうのうと生きているとしたら、それは腑に落ちねぇなぁ」

「それはあるまい。死ぬまで後悔し続けるはずだ。それがあの者への罰だ」

さらに源九郎は続けた。

「恨みなどはろくな結果を持たぬということが今度の教訓だ」

わっはっはと大笑いをする源九郎に、ようやく部屋の雰囲気も明るく変わった。

「どうだ、桜は終わったから富岡八幡宮にでもいって、明日からの平和を願おうではないか。ついでにどこぞで風呂吹き大根もな」

そろそろ夕刻だった。

源九郎を筆頭に外に出ると、暮れなずむ夕日が両国橋を赤く染めていた。

その上では白い満月が源九郎たちを見つめている。

一〇〇字書評

切・り・取・り・線

購買動機（新聞、雑誌名を記入するか、あるいは○をつけてください）

□（　　　　　　　　　）	の広告を見て
□（　　　　　　　　　）	の書評を見て
□ 知人のすすめで	□ タイトルに惹かれて
□ カバーが良かったから	□ 内容が面白そうだから
□ 好きな作家だから	□ 好きな分野の本だから

・最近、最も感銘を受けた作品名をお書き下さい

・あなたのお好きな作家名をお書き下さい

・その他、ご要望がありましたらお書き下さい

住所	〒				
氏名		職業		年齢	
Eメール	※携帯には配信できません		新刊情報等のメール配信を 希望する・しない		

この本の感想を、編集部までお寄せいただけたらありがたく存じます。今後の企画の参考にさせていただきます。Eメールでも結構です。

いただいた「一〇〇字書評」は、新聞・雑誌等に紹介させていただくことがあります。その場合はお礼として特製図書カードを差し上げます。

前ページの原稿用紙に書評をお書きの上、切り取り、左記までお送り下さい。宛先の住所は不要です。

なお、ご記入いただいたお名前、ご住所等は、書評紹介の事前了解、謝礼のお届けのためだけに利用し、そのほかの目的のために利用することはありません。

〒一〇一-八七〇一
祥伝社文庫編集長 坂口芳和
電話 〇三（三二六五）二〇八〇

祥伝社ホームページの「ブックレビュー」からも、書き込めます。
http://www.shodensha.co.jp/bookreview/

祥伝社文庫

本所若《ほんじょわか》さま悪人退治《あくにんたいじ》

平成26年 4 月20日　初版第1刷発行

著　者　聖《ひじり》　龍人《りゅうと》

発行者　竹内和芳

発行所　祥伝社《しょうでんしゃ》

東京都千代田区神田神保町 3-3
〒101-8701
電話　03（3265）2081（販売部）
電話　03（3265）2080（編集部）
電話　03（3265）3622（業務部）
http://www.shodensha.co.jp/

印刷所　萩原印刷
製本所　積信堂
カバーフォーマットデザイン　中原達治

Printed in Japan ©2014, Ryuto Hijiri　ISBN978-4-396-34033-9 C0193

祥伝社文庫の好評既刊

小杉健治
追われ者　風烈廻り与力・青柳剣一郎⑬
ただ、″生き延びる″ため、非道な所業を繰り返す男とは？　追いつめる剣一郎の執念と執念がぶつかり合う。

小杉健治
詫び状　風烈廻り与力・青柳剣一郎⑭
押し込みに御家人飯尾吉太郎の関与を疑う剣一郎。そんな中、倅の剣之助から文が届いて…。

小杉健治
向島心中　風烈廻り与力・青柳剣一郎⑮
剣一郎の命を受け、倅・剣之助は鶴岡へ。哀しい男女の末路に秘められた、驚くべき陰謀とは？

小杉健治
袈裟《けさ》斬り　風烈廻り与力・青柳剣一郎⑯
立て籠《こ》もった男を袈裟懸《けさが》けに斬り捨てた謎の旗本。一躍有名になったその男の正体を、剣一郎が暴く！

小杉健治
仇返《あだがえ》し　風烈廻り与力・青柳剣一郎⑰
付け火の真相を追う剣一郎と、二年ぶりに江戸に帰還する倅《せがれ》・剣之助。それぞれに迫る危機！　最高潮の第十七弾。

小杉健治
春嵐《しゅんらん》（上）　風烈廻り与力・青柳剣一郎⑱
不可解な無礼討ち事件をきっかけに連鎖する事件。剣一郎は、与力の矜持《きょうじ》と正義を賭け、黒幕の正体を炙《あぶ》り出す！